だるまさんがころんで

林けんじろう

どどんどん。ばん、ばん。ぱらら。

すぐ近くで、色とりどりの花火が打ち上がっている。

毎年十一月に開催《かいさい》される王寺町《おうじちょう》ミルキーウェイというイベントの、クライマックスだ。

「きれいやねぇ」

カン太のとなりでモコがつぶやいた。

「ああ、うん」

決戦のときを目前にして、カン太《た》は今日までのできごとをふり返った。

幻想的《げんそうてき》な光と音を浴びていると、ついさっきのことのように、脳裏《のうり》によみがえる。

失敗した経験《けいけん》とか、奇妙《きみょう》な体験とか。

この地でめぐりあった、思いがけない奇跡《きせき》とか——。

目次

起 SL《エスエル》ボーイは止《と》まれない　5

一　暴《ぼう》走《そう》カン太《た》　6
二　ユーキの誘《さそ》い　13
三　達磨寺《だるまじ》　24

承 ミスター・タイシは走らせない　31

一　かなしばり　32
二　またまた、かなしばり　42
三　祟《たた》り神《がみ》現《あらわ》る　51

転
はじめの一歩がそろわない 73
一 チーム結成 74
二 だめすぎメンバー 84
三 丘《おか》での特訓 94
四 秘密《ひみつ》の場所 108

結
七転八起《しちてんはっき》であきらめない 121
一 ダサくて熱い 122
二 だるころファイト 127
三 反則少年《はんそくしょうねん》 140
四 セブントライ 157
五 ひとりひとりの歩き方 166

装丁画・挿絵／紙谷俊平　デザイン／城所潤

SLボーイは止まれない

一　暴走《ぼうそう》カン太《た》

チームメイトのカオルが打席《だせき》に立った。頼《たよ》れる四番だ。

1《ワン》アウト、ランナー三塁《るい》という場面。

三塁にいるのはカン太だ。ホームをめがけダッシュしたくて、うずうずしているところ。かっとばせよ、カオル。

なんならホームスチールをかましてやろっか。相手チームのピッチャー、けっこうとろそうだ。球威《きゅうい》も大したことない。なにをかくそういましがた、カン太はあいつから三塁打を放ったばかりだ。

自慢《じまん》の俊足《しゅんそく》で二塁をけった瞬間《しゅんかん》、監督《かんとく》が「ストップ！」とさけんだから、本来は二塁止まりの当たりだったのだろう。

それを三塁打に進化させてしまうのがおれ。『SL《エスエル》（蒸気機関車《じょうききかんしゃ》）ボーイ』の異名《いみょう》を持つ、カン太さまや。

あー、早くホームに帰りたい。

ピッチャーが投じた第一球。
カオルの好きな高めの球だ。もらったな。
豪快《ごうかい》なスイング。当然、カオルは芯《しん》でとらえた――
――かに見えたけど、快音《かいおん》は響《ひび》かない。
センター方向のあさいフライだ。小柄《こがら》な選手が、なんなくキャッチした。
だからどーした。カン太は迷《まよ》わずベースをけった。タッチアップだ。
「あっバカ」
監督の声がした。
だれがバカや、見とれよ。ぜったいホームに帰ったる。
ミットをかまえるキャッチャーめがけて、カン太は猛然《もうぜん》とかける。
「うおおおおっ」
左目のはしっこのあたりで、返球の気配を察した。
くそっ、頭から飛びこんでやる。
カン太は両手を前につき出して、おもいっきりダイブした。
砂煙《すなけむり》に石灰《せっかい》がまざりあい視界《しかい》をくもらせる。

目をつむった瞬間《しゅんかん》、審判《しんぱん》に大声で告《つ》げられた。

「アウトォッ！」


「おい、SL《エスエル》ボーイ。おまえ、なんであのとき走ってん」

試合後、チームメイトのソラが食ってかかってきた。

あたまっからケンカ腰《ごし》だから、うっとーしい。

「うっさいな。わずかなチャンスでも、ねらってくのが勝利の鉄則《てっそく》やろ」

「勝利の鉄則？　おれら負けたんやぞ」

「おれのせいで負けたんとちゃう」

「痛恨《つうこん》のゲッツーでチームの勢《いきお》いをそいだんは、カン太《た》や」

「ソラの言うとおり。カン太、監督《かんとく》の指示《しじ》も無視《むし》したやろ」

ミツルも批判《ひはん》に加わった。

あー、めんどくさ。

「おれはセーフに賭《か》けたんや。一か八かの大勝負。おまえらにまねできるか」

「カン太のまねなんかしたくない」

「おれがまちがってたなら、なんで監督はおれのことをしからへん？　勝負を挑《いど》んだことを評価《ひょうか》してくれてるからや」

本当のところ、監督がだまっているのは、強く言えない性格《せいかく》だからだ。カン太を認《みと》めているからじゃない。さっきはつい「バカ」が口を飛び出したみたいだけど、いまごろそれが不適切《ふてきせつ》な暴言《ぼうげん》にあたらないか、ひとりで苦悶《くもん》しているはず。そういうオジサンだ。チームがよく負ける最大の原因《げんいん》は、やさしすぎる監督にあるのかもしれない。だからこそ、おれだけはパワープレーでいかなあかん。カン太にはそんな信念がある。

「おれのおかげで試合が盛《も》り上がったんやで」

ソラがわざとらしくため息をついた。

「カン太。おれら、わかってんねん。おまえがしっかり考えて判断《はんだん》した上で大勝負に出たわけやないことをな」

ミツルがうんうんうなずく。

「カン太は、じっとしてられないだけなんや」

「……」

「落ち着きがないし、すぐイライラするし」

「そっそ。ぼく、カン太《た》がじっとがまんしてるとこ、見たことないかも」

ソラとミツルの追及《ついきゅう》こそ、カン太を最大にイライラさせた。

「うっさい、どけっ」

カン太はソラとミツルに体当たりする勢《いきお》いで、ふたりのあいだをぬけていった。

もう一秒でもじっとしていられなかったのだ。

「SL《エスエル》ボーイは欠陥電車《けっかんでんしゃ》やな」

背後《はいご》でソラの嫌味《いやみ》が聞こえた。

SLは電車とちゃう、蒸気機関車《じょうききかんしゃ》や！　と反論《はんろん》するには、カン太は速く歩きすぎていた。


正直、たいしてなやんでいるわけじゃない。

じっとするのが苦手っていったって、授業中《じゅぎょうちゅう》はちゃんと席に座《すわ》ったままでいられるし。貧乏《びんぼう》ゆすりはしまくってるけど、それが震源《しんげん》になって教室がゆれるわけでもない。

先生の話だって、半分はちゃんと聞いてるし、テストも百点の半分くらいは取ってる。

なぁんの問題もないやんか。

……なのに、今日のソラとミツルのご指摘《してき》は、予想外にこたえた。

カン太はこの弱点のことを、チームのだれにも気づかれていないと思っていたのだ。

ふだん必死で耐《た》えて、かくしているつもりだったのに。

五年生まではサッカーをやっていた。だけど、ポジションを無視《むし》してボールに食らいつきまくったり、攻《せ》めまくったりしていたら、チームメイトにきらわれた。敵《てき》チームのヤツともケンカしたし、思えば反則《はんそく》もけっこうやった。よけいにきらわれた。

サッカーとはおさらばして野球を始めたのが今年、六年生の春。大暴《おおあば》れしたいのをぐっとこらえて、チームに貢献《こうけん》してきたつもりだった。

それがちっともできていなかったのだろう。

だからソラやミツルに気づかれた。

（ほかのやつらも、おれにうんざりしてるんかなぁ……）

たとえば守備《しゅび》では、どう見てもほかのポジションがさばくべきボールなのに、カン太が横取りしようとして、体が接触《せっしょく》して落球したり。攻撃《こうげき》では、せっかく出塁《しゅつるい》しても無理な進塁《しんるい》をねらってアウトになったり、盗塁《とうるい》に失敗したり。
そんなことがごまんとあったはず。あんまり記憶《きおく》してないけど。
カン太《た》がなかったことにしようとしても、チームメイトはしっかりおぼえているのだ。
なんとかならへんもんかな……この、性格《せいかく》？　体質《たいしつ》？
じっとしてられない、おれのこと、だれかどうにかしてくれへんやろか。
思ったとき、カン太はさとった。
なんやねん、おれ、しっかりなやんでるやないか。はあ。

二　ユーキの誘《さそ》い

《週末うちに来《こ》ん？》

いとこのユーキからメッセージが届《とど》いたのは、その日の夜のことだった。

んやねん、いまおれ、真剣《しんけん》になやんでるところなんやけど。じゃますんな。

《オッケー》

カン太はそっこー返信した。

《だれか友だちひとり連れてこれるか？》

友だち？　んー、どないしょ。

《ほなミチといっしょに行くわ》

《ミチ？　おれの知ってるひと？》

《知らんやつ。行ったら紹介《しょうかい》する》

カン太はスマホをベッドに放り投げた。

イスの背《せ》もたれに背中《せなか》をあずける。勉強机《べんきょうづくえ》のへりに両足の裏《うら》をかけて、イスをななめに浮《う》かせた。体を前後にゆらゆらさせると、おお、これ、けっこうスリルだ。

いとこのユーキとは、たまにつるむ。昔から、べつだん仲がいいわけじゃないのに。むしろカン太《た》はユーキがきらいだった。

本人に、はっきりと「きらいや」と伝えたことさえある。

なのにユーキときたら、

「おれもカン太がきらいや。気が合うな。仲よくしようぜ」

だとさ。どうかしてる。

結局カン太たちは、つかず離《はな》れずの関係をたもっている。

ふたりの距離《きょり》も絶妙《ぜつみょう》なのかもしれない。ユーキは奈良県《ならけん》に住んでいる。カン太が住む町からユーキんちまでは、電車を三回乗りかえて一時間以上かかる。

「カン太が遠出にぼくのこと誘《さそ》ってくれるのって、めずらしいよね」

「そっか？」

ミチと、電車にゆられながら。

九月なかごろの日曜日。野球の練習をサボったこの日の天気は晴れ。外の風は、いくぶん涼《すず》しくなってきた気がするけど、まだまだ夏の陽気は失せていない。

「奈良で古墳《こふん》とか見られるかなぁ」

「ミチって歴史《れきし》、好きやったっけ？」

「あんまりくわしくはないけど、中学に上がってから興味《きょうみ》がわいてきたかな」

おい、それはこまる。カン太はいまいち興味がない。同じクラスに「超《ちょう》」がつくほどの歴史マニアがいるけど、そいつとはふだん、まったく会話がない。

「おっきな史跡《しせき》とかを見るの、楽しいよ」

「それはまあ、わからんでもない」

カン太も大きなモノには惹《ひ》かれる。鉄道が好きな理由のひとつに、車両の持つサイズ感があげられる。あの迫力《はくりょく》ったらもう！

「古墳、見られへんかったらごめんな」

いいよいいよ、とミチはほほえむ。あどけない笑顔だ。

おさななじみのミチは、ひとつ年上の中学一年生。けどやせっぽちで背《せ》も低く、年下に見える。声変わりもしていない。

歴史はあんまりくわしくない、と言うミチだけど、勉強はできるほうだ。だからまあ、カン太《た》とは正反対のタイプである。

(なんかおれ、ミチといい、ユーキといい、自分とタイプのちゃうヤツとばっかり仲よくしてんなぁ)

『次は終点、王寺《おうじ》、王寺――』

車内アナウンスが聞こえた。

ユーキんちへは、JR《ジェーアール》王寺駅から、さらに近鉄田原本線に乗りかえる。うんざりするような距離《きょり》なのに、カン太は年に五回以上は来ている。もう慣《な》れっこだ。

今日はじめて連れてこられたミチはといえば、

「見てカン太、SL《エスエル》だ。わー」

めっちゃはしゃいでいる。

近鉄新王寺駅を発車してすぐ、右手に蒸気機関車《じょうききかんしゃ》が見える。舟戸児童公園《ふなとじどうこうえん》にD《ディー》51型《がた》895号機が展示《てんじ》されているのだ。

「かっこええやろ。王寺町はな、古くから鉄道の町としても知られてるんやってさ」

遠い道のりを、なんども来られるのは、このデゴイチのおかげかもしれない。

電車は東へ走って、やがて広陵町《こうりょうちょう》に入る。

四つ目の駅で降《お》りてちょっと歩けばユーキんちだ。

「ごめんくださーい」

「カンちゃん、いらっしゃい」

おばちゃんが出迎《でむか》えてくれた。

「こんにちは、はじめまして」と、ミチがていねいにあいさつした。

「はじめまして。ふたりとも、そのまま二階に上がって」

ミチが小声で「カンちゃんだって」といじってきた。

「うっさい」

カン太は熱くなった頬《ほお》に風を当てるべく、さっそうとスニーカーをぬぎちらかして、
ユーキんちに上がった。

ユーキの部屋に入ると、とたんにミチのテンションが上がった。

「すごいヒコーキの数だね。博物館みたい」

五段《だん》ある棚《たな》の三、四、五段目に、飛行機の模型《もけい》がずらりと並《なら》んでいる。一、二段目は書籍《しょせき》だ。ほとんど飛行機関連の雑誌《ざっし》と思われる。

「こいつ、奈良県民《ならけんみん》のくせに歴史《れきし》より空飛ぶ乗りもんが好きやねん」

カン太《た》はミチに、ユーキのことをざっくり説明した。

ユーキが「はん」と、あきれたような声を飛ばした。彼《かれ》がよくやる癖《くせ》で、やられるたびカン太はカチンとくる。

「〝奈良県民のくせに〟ってなに」

なぜつっかかってくる。いちおうほめたつもりだったのに。

「そのおバカなせりふ、陸地に暮《く》らしてるくせに水泳が好きって言ってんのと同じやな」

「なんて？」

ユーキ、また「はん」とはいて、

「奈良と聞いて〝歴史〟を連想するのはけっこうや。飛鳥時代《あすかじだい》、奈良時代は、たしかに魅力《みりょく》の宝庫《ほうこ》。けど、どの地方のどの地域《ちいき》にだって歴史はある。昨日今日、ポンと生まれた町なんて、ありえない」

カン太は、ユーキの話を聞くのがめんどくさくなってきた。こいつったら、一度主張《ちょう》し始めたらしつこいのだ。

「わかったわかった。紹介《しょうかい》おくれたな、この子はミチ。おれらのいっこ上の中一」

「はじめましてぇ」

「こんにちは、ミチくん。わざわざ来てくれて、ありがとうございます」

ユーキは会釈《えしゃく》をした。

「タメ口でいいよ。ねえユーキくん、このいちばんおっきなのは、なんて飛行機？」

ミチは、棚の四段目の中央に鎮座《ちんざ》する、白い模型を指さした。

「コンコルド。一九七六年から二〇〇三年まで飛んでた超音速《ちょうおんそく》ジェット機《き》」

「ふっるいジェット機」と、カン太。

「デゴイチを崇拝《すうはい》してるヤツが言うな」

「んで、今日はなんでおれらを呼《よ》んだんや」

とっとと本題に入れ。

ユーキが、じゃ話そっかって感じで肩《かた》をすくめたのと同時に、ミチが声をあげた。

「ねえ、近くに古墳《こふん》あったりする？」

ユーキはぽかんとした。思考停止《しこうていし》の表情《ひょうじょう》だ。

彼《かれ》はときどきこうなる。自分の予定や想定とズレた展開《てんかい》が目の前に来ると、とたんに順応《じゅんのう》できなくなるのだ。勉強ばっかしてるから、きっと教科書どおりの生き方にしか慣《な》れてないんだと、カン太《た》は分析《ぶんせき》する。

そんなユーキの性質《せいしつ》を熟知《じゅくち》するカン太は、それを利用して、よくからかう。だしぬけに突拍子《とっぴょうし》もないことを言ったりして、反応《はんのう》を楽しむのだ。彼にムカつくことを言われても、ずっとつるんでいられるのは、こうやって定期的に仕返しができるからかもしれない。

へんな関係やな、おれら。

けどユーキ、近くに古墳《こふん》があるか聞かれただけでパニクるのは、ダサすぎるで。

「答えてやれや、古墳があるんかないんか」と、カン太。

「あー、あるよ」

「ほんとに？」

「馬見丘陵公園《うまみきゅうりょうこうえん》に、登れる前方後円墳《ぜんぽうこうえんふん》がある。……行ってみたい？」

「うん！」

「……じゃあ、天気もいいし、そこで話をしよう」

まるで年下の子のような言動のミチに、少々《しょうしょう》とまどい気味のユーキだった。

ふふんとカン太はほくそえむ。ミチを連れてきて正解《せいかい》だった。

西へ十五分ほど歩くと、馬見丘陵公園の入口がある。

カン太は何度か来たことがある場所だ。来月になれば、コスモスのパノラマが広がるだろう。

すれちがう老人カップルや、若《わか》いカップル。みんな楽しそうだ。

乙女山古墳《おとめやまこふん》を見て、そのあと三人は、ナガレ山古墳に登った。五世紀初頭に築造《ちくぞう》された前方後円墳で、当時のすがたに復元《ふくげん》されている。

ミチのはしゃぎようったらなかった。

カン太も気分がいい。古墳のてっぺんは、景色の眺《なが》めもばつぐんだ。

「ふたりとも、『だるころ』に興味《きょうみ》はないか」

初秋の空気を堪能《たんのう》しすぎてくしゃみが出そうになったとき、急にユーキが本題に入った。

「だるころ？　なんやそれ」

カン太《た》は即座《そくざ》に聞き返した。

「全国だるまさんがころんだ選手権大会《せんしゅけんたいかい》。略《りゃく》して『だるころ』や」

「どんな全国大会やねん」

するとミチが、

「だるまさんがころんだ、昔よくやったなぁ。『はじめの第一歩！』でスタートする競技《きょうぎ》だよね」

「競技って！　スポーツみたいに言うな。ただの遊びやんけ」

ケチをつけたカン太に、ミチは反論《はんろん》する。

「ううん、カンちゃん、『だるころ』はれっきとしたスポーツだと思うよ」

「〝カンちゃん〟はやめれ」

「ミチくん、知ってるの」と、ユーキ。

「王寺町《おうじちょう》の大会でしょ。ネットで見たことある。もう何回かやってるんじゃない」

「そうそう！　『だるころ』は、小さな子どもから老人まで、幅広《はばひろ》い層《そう》が楽しめる、唯一無二《ゆいいつむに》の競技やねん。子どもとおとなの混合《こんごう》チームも、男女混合チームも、ぜんぜんつくれるし。練習すればだれにでも、どんなチームにでも勝利のチャンスは訪《おとず》れる」

ユーキ、ずいぶん熱弁《ねつべん》だ。

「そんで、だるころがどないしたっちゅーねん。今日はそれして遊ぶんか」

ごめんこうむる。そんなガキんちょじみた遊び――おっと失礼、〝スポーツもどき〟なんぞ、する気はない。

ユーキは言った。

「十一月に王寺町で開催《かいさい》される全国大会に、おれたちで出場しよう」

ああ、なるほどねー。

……やあらへんわ。

三　達磨寺《だるまじ》

おどろいた。まさかミチがこんなに、全国だるまさんがころんだ選手権大会《せんしゅけんたいかい》の話に食いつくとは。食いつきすぎて、ユーキもノッてきちゃって、

「じゃ、いまからもうすこし足をのばして、だるころの会場に行ってみる？」

なんて言いだした。

もしかしたら、はなっからその予定やった可能性《かのうせい》が高いな。せやないと、おれらをここへ呼《よ》び寄《よ》せた意味がない。いまさら気づくカン太《た》だった。

まあ近くなら、べつに行くだけ行ってみてもいい。

「会場ってどこや」

「ダルマジ」

「は？」

「だ・る・ま・じ」

マジでダルいって言いたいんか、こいつ。

「へんな顔するな、カン太。理解《りかい》の悪いやつやな」

するとミチが、

「達磨寺っていうお寺だよね」

「イエス。さすがミチくん」

カン太は自分のスマホで達磨寺を検索《けんさく》した。

「ぶっ。めっちゃ距離《きょり》あるやんか、達磨寺まで」

「たった五キロくらいやで」

「かんたんに言うな」

そういや、ユーキはマラソンが得意《とくい》なんだった。

飛行機が好きで、地面を走るのも好きって。将来《しょうらい》どんなおとなになるんだろう。

「おまえはよくても、おれらはマジダルなんじゃ。ミチ、そんなに歩いて、よくわからん寺まで行きたいか」

「う、うーん、歩くのは……ちょっと……行きたいけど」

よし、ミチ、九十点くらいの回答や。百点満点をつけられないのは、「行きたいけど」ってつけ加えたから。そこが減点《げんてん》。

「チャリは一台しかないしなー」と、ユーキ。

「おまえらだけでニケツして行け」

「あかんて、危《あぶ》ない。警察《けいさつ》に止められる」

結果、彼《かれ》らは電車で行くことになる。

そりゃカン太《た》もついていく。

ひとりでじーっと待ってることなんかできないって、思い出したのだ。


王寺駅《おうじえき》にもどってきた。

「ここから達磨寺《だるまじ》までは〝足あと〟が導《みちび》いてくれる」

「足あと？」

「地面に犬の足あとのマークが続いてて、それをたどっていくと達磨寺に着く」

「なんで犬の足あとなんや」

「雪丸《ゆきまる》だよ」

カン太の質問《しつもん》に、ミチが答えた。ネット情報《じょうほう》から、そこまで知っていたらしい。

「雪丸って、ワンコの名前か」

「イエス。聖徳太子《しょうとくたいし》の愛犬。雪丸は王寺町のマスコットや」

ユーキの説明を聞きながら通路を進むと、JR《ジェーアール》のきっぷ売り場に、白くてずんぐりしたワンコの像《ぞう》があった。頭に冠《かんむり》をかぶり、二本足で立っている。そういや、いつもここに立ってたな。いままで気にしていなかった。

「こいつが雪丸か。黒目がこわい」

「黒目がちなのは当然やろ、犬なんやから」

「ぼくはかわいいと思うよ」

カン太たちはだべりながら、通路を進む。

たしかに、床《ゆか》に犬の足あとを模《も》したマークがぽつぽつと続いている。

(なるほど。これをたどっていくんやな)

通路をぬけて外に出る。雪丸の足あとは、まだまだ先へ続いている。

やがて川の堤《つつみ》に上がる。葛下川《かつげがわ》というそうだ。

右へおれて橋を渡《わた》ると、また雪丸の像があった。その後方には、立派《りっぱ》な鐘《かね》のモニュメントが建っている。

大きな交差点を渡る。雪丸の足あとは続く。

地面に埋《う》められたパネルに『達磨寺《だるまじ》まであと百メートル』とあった。もうすぐだ。

「着いた」

道路の反対側。ユーキが指さした方向に駐車場《ちゅうしゃじょう》があって、大きな看板《かんばん》に『達磨寺』と書いてある。門の前にも、雪丸《ゆきまる》の像《ぞう》が立っていた。雪丸はよほど王寺町民《おうじちょうみん》から愛されているらしい。

「ここ？　ふーん」

ふつうのお寺だ。全国大会の会場っていうくらいだから、東大寺《とうだいじ》クラスの、もっとでっかいお寺かと思っていた。

門を入ると砂地《すなち》の広場があり、左手にはお堂《どう》が見える。ユーキが言う。

「ここが会場やで」

「せまくね？」

「江戸時代《えどじだい》まで、境内《けいだい》はもっと広大やったらしいんやけどな。でも、このサイズなら、だるころにはじゅうぶんやろ」

「へえ、これが達磨寺かぁ」

ミチは純粋《じゅんすい》に感動しているようすだ。

三人は本堂《ほんどう》のほうへ回った。

本堂を中心に、ぐるりと一周するように見学する。ここにも小規模《しょうきぼ》ながら古墳《こふん》が二基《き》あった。本来は三基なのだが、もう一基は本堂の真下にあったそうだ。

また、境内にも雪丸の石像《せきぞう》があった。そばの石柱に『雪丸塚《ゆきまるづか》』とある。こちらの雪丸はこれまでのと異《こと》なり、リアルな犬に近いすがたをしている。

本堂の石段《いしだん》を上がった。

間近で見ると、かなり立派《りっぱ》だ。奥《おく》に、三体の木像《もくぞう》が安置されている。

ミチが合掌《がっしょう》した。ユーキもそれにならう。

ふたりともまじめやな。ほな、おれも手、合わせるわ。

パンパン。カン太《た》が柏手《かしわで》を打つと、ユーキがお得意《とくい》の「はん」をくり出した。

「お宮参りやないんやぞ、カン太。お寺と神社の区別もつかへんのか？」

ユーキにあきれられた。

「ええやんけ。自由にやらせてくれ」

ぶっちゃけ、お寺と神社のちがいはよくわからんから、はずかしかった。

せっかく神聖《しんせい》な気分やったのに。もう、なんでもえーわ。

カン太《た》はいいかげんな気持ちで、願いごとをとなえた。

(すごい寺なんか知らんけど。神さまか仏《ほとけ》さまか知らんけど。どーせできへんやろから、あてにはせぇへんけど。できるもんなら、おれの願いを叶《かな》えてくれや――)

あとになって思い知る。

このとき、ふとどきな心で願ったのが、あやまちだった。

カン太は盛大《せいだい》に後悔《こうかい》することになる。

ミスター・タイシは走らせない

一　かなしばり

帰りの電車。
カン太《た》はユーキからもらったチラシに、なんとなく目を通していた。

『全国だるまさんがころんだ選手権大会《せんしゅけんたいかい》』
競技《きょうぎ》ルール
・五人一チームとし、二チームがコートに入って対戦する。試合時間は二分。
・二チーム十人がスタートラインに立ち、「はじめの第一歩」で競技を開始する。
・鬼《おに》が「だるまさんがころんだ」を唱えているあいだに、ゴールをめざす。唱え終わった鬼に、手・足・頭など体のどこか一部でも動いているのが見つかるとアウトとなり、その選手は競技終了《きょうぎしゅうりょう》。
・時間内にゴールした選手は二十点を獲得《かくとく》し、五人の合計得点《ごうけいとくてん》で勝敗を競う――

かなりしっかりしたルールがあるようだ。

ほかにも、競技コートには障害物《しょうがいぶつ》が設置《せっち》されていて、それにふれて倒《たお》してしまったら、スタート地点にもどってやり直し等、大会独自《たいかいどくじ》のルールがある。

意外とおもろそうやんか。

でも……。ルールの、いちばんかんじんな部分を読み返す。

・鬼が「だるまさんがころんだ」を唱えているあいだに、ゴールをめざす。唱え終わった鬼に、手・足・頭など体のどこか一部でも動いているのが見つかるとアウト。

鬼に、動いているところを見られたらオシマイ。

(あかんな。おれには向いとらん)

鬼がこちら(選手)を見ている時間が、たとえたった数秒だとしても、その間、じーっとしてなきゃ、というプレッシャーに、たぶん耐《た》えられない。動いちゃいけないと思えば思うほど、きっと動きたくなる。一度もゴールできずに終わるだろう。

「……六百六十円」

窓《まど》の外の夕景をながめていたミチが、ぽろりともらした。

「どした？」

「ユーキくんちまでの、電車の往復運賃《おうふくうんちん》。子ども料金で。ぼくは中学だからおとな料金だけど」

「悪かったな、しょーもないお金つかわせて」

ミチは大いにあわてた。

「ごめんっ。ちがう、ちがうよ。お金がもったいなかったわけじゃなくて。逆《ぎゃく》に、今日は誘《さそ》ってもらえて、ほんとよかったって思ってるくらい」

「ほな、なんで運賃をつぶやいてん」

ミチは、うれしそうに答えた。

「六百円ちょっとだって、カンちゃんには決して安い値段《ねだん》じゃないでしょ。それだけのお金をはたいてでもユーキくんに会いにいくだなんて、カンちゃんはユーキくんのこと大好きなんだなぁって」

わ、めっちゃ誤解《ごかい》してる。ちがうのに。

実は、今日のこづかいは母さんからもらっていた。ユーキんちに行くときの交通費《こうつうひ》は、いつも無条件《むじょうけん》でくれるのだ。

……けど、たしかに、すごく〝わざわざ〟な感じだ。片道《かたみち》三百円以上かけて、きらいなユーキに会いにいくだなんて。

いつだったか、ユーキから「同族嫌悪《どうぞくけんお》」って言葉を教えてもらったことがある。

「人は、自分とおんなじ性質《せいしつ》の人に対して、嫌悪感《けんおかん》を抱《いだ》くもんやねん」

ユーキは言ったっけ。

「おれらは似《に》た者どうしなんや。だからやろな、おれもカン太《た》がきらいや。気が合うな。仲よくしようぜ」

なんだかさみしそうな目をして、言ったっけ。

アホぬかせ、おれとおまえはぜんぜんタイプがちゃうやろが――というせりふが、カン太の口元まで出かかって、そのまま言えずじまいだった。

「それだけ好きって、いいことだと思うなぁ」

つぶやいたミチのほうを見ると、すでに窓の外に目をもどしていた。

帰宅後《きたくご》、お風呂《ふろ》に入って、そのあと夕ごはんをかっくらった。

「ユーちゃんと、今日はなにしたん」

母さんが聞いてきた。

ユーキんちに行くためのこづかいをもらうかわりに、きちんと活動内容《かつどうないよう》を報告《ほうこく》する約束になっている。

「だるころ」

「なにそれ」

「だるまさんがころんだ」

「そらまた幼稚《ようち》な遊びをしたもんやな」

父さんは興味《きょうみ》なさそうにビールをあおった。

すこしムカッとした。

「遊んでへん。話を聞いただけや」

「話？　だるまさんがころんだにまつわるおとぎ話でも聞いたん」と、母さん。

「ちゃう。再来月《さらいげつ》に王寺町《おうじちょう》ってとこで、だるころの大会があるねん。それに出場せえへんかって誘《さそ》われたんや」

「へえ、そう」

「せやけどそれ、年齢制限《ねんれいせいげん》があるんやないか。どうせちびっ子だけやろ。六年にもなって、そんなことしてる場合とちゃうもんな」

カン太《た》のなかで、さらに「ムカッ」がふくらむ。なぜだろう、出場を決めたわけでもないのに。むしろ出場しない方向で考えているのに。

いずれにせよ強く反論《はんろん》はできない。父さんは父さんで、カン太が今日、野球の練習をサボったことに対してムカッとしているのだ。そんなことしてるひまがあるなら野球をしろ。父さんが言いたいことはわかる。

「年齢とかの制限はないらしいで。だれでも参加できるねん」

いちおう父さんの思いこみだけは訂正《ていせい》しておく。

「ふうん」

大会は、まぎれもなく全国大会であって……ってことまでは、伝えられなかった。いまの父さんなら、「くだらない」とカウンターパンチを返されそうだからだ。

実際《じっさい》、野球の大会に比《くら》べたら、どうだろう。

ソラやミツルたちが知ったら、笑うかもな……。

――サッカーも野球もまともにできてないやつが、だるころ？

——落ちこぼれが、今度は落ちぶれとるやんけ。

まぼろしの声が脳《のう》に響《ひび》いた。ソラの声かミツルの声かはわからない。

ごちそうさまと、カン太《た》は席を立った。


部屋の電気を消してベッドにもぐりこんだ。

しばらくすると暗闇《くらやみ》に目が慣《な》れてきた。カン太はぎゅっと目を閉《と》じた。

……落ちぶれるどころのさわぎやない。おれ、そのだるころさえ、まともにできそうにないんやからな。

〝落ちぶれる〟の下は、なにになるのだろう。落ちつぶれる？　落ちくだける？

もんもんとするうち、ワーッとさけびたくなった。

手と足でガバッとかけ布団《ぶとん》をはだけようとした。

（え——？）

それが、できなかった。

右手も左手も、右足も左足も、うんともすんとも動かない。

体の動かし方を完全に忘《わす》れてしまったかのように、カン太は気をつけの姿勢《しせい》であお向けに寝《ね》たまま、固まってしまった。

（か、かなしばり？）

かろうじて思考は動いている。冷静になれ。脳は正常《せいじょう》か？　1＋1＝2。いんいちがいち、いんにがに、よし、暗算も九九もできる。問題ない。

次に、自分はいま目を閉じているのか開けているのかを考える。

さっき目が慣れて、天井《てんじょう》が視界《しかい》にうつった。それから目を閉じた。現在《げんざい》まっくら。

つまりカン太は目を閉じてる。

この目を開けてみるか？　もしまぶたがちゃんと動くなら。

——いやタイム。

目を開けて、もし目の前にユーレイがいたら？

ゾッとした。

だって、かなしばりやぞ。おれいま呪《のろ》われちゃってる!?　なんでか知らんけど！

結局カン太は、その夜、目を開けることができなかった。

気がつくと朝を迎《むか》えていた。

跳《は》ね起きた。

体はどう？　異常《いじょう》なし？　カン太《た》は両手で体のあちこちをさわってみた。

すこし息苦しい？　気のせいかな。

窓《まど》を開けて、外気をあびる。おもいっきり深呼吸《しんこきゅう》。気持ちいい。息はできている。

洗面所《せんめんじょ》に行って鏡を見る。いたってふつうだ。顔色も悪くない。

（夢《ゆめ》やったんかな？）

朝食をとるころには、そう思えるようになってきた。

「カン太。今日お母さん、ニット会の寄《よ》り合いで、すこし帰りがおそくなるから」

母さんは趣味《しゅみ》で編《あ》み物をしていて、日ごろ、編み物仲間とよく集まっている。

「家の鍵《かぎ》、持ってってな」

「うーん」

うん、そうや。きっと、夢やったんや。

「かなしばりにかかったの？」

ミチが目をまるくした。

登校時。家の前の生活道路で、毎朝ミチとあいさつをかわすのが日課になっている。

カン太はミチに、昨夜の体験を語った。夢だったのだと思えば、ちょっとめずらしい〝オドロキ体験〟として打ち明けることができた。

「びびったわ。夢やとしても、へんにリアルやったし」

ミチは、むむぅと小さくうなって、

「どっかで聞いたことがあるんだけど、かなしばりって、脳《のう》が起きてて、体だけが寝《ね》てる状態《じょうたい》なんだそうだよ。体が疲《つか》れてるときに、かかりやすいんだって」

なんやそっか。だったら、夢じゃなく現実《げんじつ》だったとしても安心だ。

「昨日、奈良《なら》であちこち移動《いどう》しまくったからかなぁ」

「だからだね、きっと」

ミチとバイバイして、カン太は小学校をめざした。

二 またまた、かなしばり

休憩時間《きゅうけいじかん》。カン太《た》たち二組のメンバーは、一組にドッジボールの試合を申しこんだ。

五年のときから続く、因縁《いんねん》バトルだ。

一組のやつら、みんなやけにドッジがうまいのだ。運動神経《うんどうしんけい》がいいやつばっかり集まって卑怯《ひきょう》だ。いや、一組はなにも反則《はんそく》はしていないのだけど。

グラウンドの地面を、つまさきでけずって線を引き、いつものサイズのコートをこしらえる。

（この広さって、だるころのコートとおんなじくらいか？）

つい考えてしまったカン太である。

各チーム、コートに集合した。

（そういや、ドッジも男女混合《だんじょこんごう》でやれるな。だるころとおんなじか）

だるころが頭から離《はな》れない。ユーキのせいだ。

いざ試合が始まると、やはり一組の猛攻《もうこう》に苦戦した。

敵《てき》チームにはヤバいヤツが三人いる。ユリとカズとアスミだ。二組にこいつらの球をまともにキャッチできる人間はすくない。カン太ですら、ときどきミスる。

それに、ユリたちは仮《かり》にアウトになっても、外野に回ってさらにパワーを発揮《はっき》する。

以前、三人ともかんたんにアウトになったことがある。そのあとヤツらは外野ではさみ撃《う》ちを実行し、二組のメンバーをやすやすと葬《ほうむ》った。だまされた。罠《わな》だったのだ。ユリたちはなんなくコートに復活《ふっかつ》。結果、一組が圧勝《あっしょう》した。

(ぜったい勝ったる)

カン太はむきになっていた。

ドッジで活躍《かつやく》できなきゃ、あとはおれに、なにが残る？　そんなあせりもあった。

今日の目標はただひとつ。ユリ・カズ・アスミ以外の敵を全員アウトにする。ヤツら以外をねらおうぜ、とクラス内で申し合わせてある。

——が、机上《きじょう》の作戦なんて、実戦じゃままならないなんてこと、しょっちゅうだ。

二組のひとりが放ったゆるいボールを、アスミが横から奪《うば》うようにキャッチした。

運動神経良すぎかっ！

アスミは間髪《かんぱつ》をいれずボールを投げ飛ばす。驚異《きょうい》のサイドスローだ。

ボールはカン太《た》めがけて飛んでくる。

これはだいじょうぶだ。アスミのパフォーマンスは圧巻《あっかん》だけど、いかんせんストレートすぎる。カン太は軽く垂直飛《すいちょくと》びをして、腹《はら》でボールをキャッチした。

(負けてられっか)

アスミに対抗《たいこう》だ。

カン太は瞬時《しゅんじ》に投球モーションに移《うつ》ろうとした。頭に血が上っていた。みんなで決めた作戦を忘《わす》れ、アスミを討《う》ちとってやろうという邪心《じゃしん》が生まれた。

(くらえっ)

オーバースローに持っていこうとしたカン太の右手は、しかし言うことを聞いてくれなかった。

(えっ⁉)

右手だけじゃない。体全体が硬直《こうちょく》したように動かなかった。

カン太は、ほぼキャッチした直後の体勢《たいせい》のまま、完全停止《かんぜんていし》してしまう。

右手からボールがぽろりと地面に落ちた。

ぽてぽてと転がるボールを指さして、ユリがさけんだ。

「はいアウトォ」

がくっとカン太はひざをついた。いま、体の硬直が解《と》けたようだ。

すかさず立ち上がって抗議《こうぎ》する。

「アウトとちゃうっ。ボール、ちゃんと捕《と》ったやろ」

「いや、どう見ても落球してるし」

カズがユリに加勢《かせい》した。こういうところでも一組の連携《れんけい》プレーが光る。

カン太はなおも訴《うった》える。

「んなわけあるか。捕って、投げようとしたときに落としたんや。おまえら見てたやろ？」

味方に確認《かくにん》するも、みんな反応《はんのう》があいまいだ。

「いまのが落球じゃなかったら、ドッジボールのルールがイチからくつがえるね」

クラスメイトのナナが言った。こいつ、ふだんはおとなしいくせして、ときどき人《じん》格《かく》が変わったみたいにずばずばと発言する。

しかしミスった。投球に移る動作が速すぎた。まわりからは、キャッチした直後に落球したように見えているのだ。

「くそっ。すぐ復活《ふっかつ》したるからな」

ひろったボールを相手コートに放って外野へ回った。

外野に立って、しばらく内野のラリーを眺《なが》めていると、じょじょに頭が冷えてきた。

冷えると、われに返る。われに返って、思う。

（おれ、さっき、かなしばりにかかってた？）

背中《せなか》に、いやな汗《あせ》が流れた。


下校時間。昇降口《しょうこうぐち》で外ぐつに足をつっこむ。

ドッジのとき以来、かなしばりの症状《しょうじょう》は出ず、無事に帰りの会まで過《す》ごせた。

とはいえ、昨夜と今日、二度も経験《けいけん》してしまうと不安は消せない。

前方から「おおい」と呼《よ》びかける者がいた。

「おーミチやん」

ミチが道路の反対側で手をふっている。

「学校終わるの、はやない？」

いつもは登校時間が重なっても、下校時間が重なることはない。

「うん、ちょっとね」

とにかくカン太《た》は、すこし安心した。ミチにドッジでのことを話そう。

急いで道路を渡《わた》ろうとした。

横断歩道《おうだんほどう》の信号は赤だった。車が来てるけど、まだ距離《きょり》はあるし、かまわんやろ。

そう判断《はんだん》し、足を前に出そうとしたら……。

(ぐっ、ぐわっ)

地面から、足が離《はな》れなかったのだった。

(またやぁっ)

わずかに前傾姿勢《ぜんけいしせい》になった状態《じょうたい》で、カン太は完全に停止《ていし》した。

「カンちゃぁーん、どしたの？」

ミチが声をかけてくる。

それとほぼ同時に、カン太の目の前を、車がビュンッと走り抜《ぬ》けた。

「どしたも、こしたもぉっ」

口は動かせるようだ。カン太はさけんだ。

「おれ、また、かなしばられてるぅっ」

へんな日本語になってしまった。

信号が青に変わった。ミチが横断歩道《おうだんほどう》を渡《わた》って、かけよってくる。

「カンちゃんっ」

ミチが肩《かた》を軽く抱《だ》いてくれた。

すると全身の力がぬけてゆくように、かなしばりが解《と》けた。

地面にくずおれそうになったカン太《た》を、ミチが「わわわ」と必死で支《ささ》えた。

「あてて」

「どこか痛《いた》むの？」

「無理に動こうとしたからか、足つった」

「……どこか悪いんじゃ……」

ミチが表情《ひょうじょう》をゆがめる。

「こわいこと言うなや」

「けど、いま、かなしばりにあったのは、よかったかもね」

「なんで」

「カンちゃん、あのまま道路に飛び出してたら、車にはねられてたよ」

「え……」

どうやらカン太は目測《もくそく》を誤《あやま》っていたらしい。接近《せっきん》していた車は、かなりのハイスピードだったようだ。

「かなしばりに助けられたのかもね」

ミチとしては、おそらく、カン太を不安がらせないために、そう言ったのだろう。

しかしカン太のほうには思いあたるふしがあった。

（もしかして……？）

これまでのことを、ふり返る。

昨夜はベッドのなかでわめきちらそうとして、かなしばりにかかった。さっきは口が動いたけど、昨夜は口さえも動かなかった。そうだ、しゃべることを封印《ふういん》された感じだ。

もしかなしばりにかからず、あのまま「ワーッ」とわめいていたら、父さんが飛んできて「やかましいっ！」としかられただろう。

それから今日のドッジボール。

カン太は頭に血が上って、アスミを攻撃《こうげき》しようとした。

あらかじめみんなで決めていた作戦を、放棄《ほうき》しようとしたのだ。

そして、かなしばりにかかった。

で、いまのいま。赤信号の道路に飛び出そうとして、かかった。

(おれが、なにかを〝やらかそう〞としたとき、かなしばりが発動する?)

まさか昨日の達磨寺《だるまじ》で、手を合わせて祈《いの》ったことが、関係してるんじゃ……。

カン太《た》がだまっていると、ミチが言った。

「これって、ひょっとしたら、だるころ大会に有利かもね。鬼《おに》が見てるあいだは、かなしばりで動かないっていう、ネ」

……不安がらせないために言ってるんだろうけども。

三　祟《たた》り神《がみ》現《あらわ》る

家の門を入り、玄関前《げんかんまえ》にたどりつく。

ミチは別れぎわ「もしまた異常《いじょう》が出たら、すぐ連絡《れんらく》して」と言ってくれたけど、かなしばりになったら、スマホも持てない。

ドアノブに手をかけた。

「ありゃ」

鍵《かぎ》がかかっている。

チャイムを鳴らしても返事がない。家には人の気配がない。

「あっ、そうや」

今朝《けさ》、母さんが言っていた。今日はニット会だったのだ。

「わーやってもたー」

しめ出されてしまった。

母さんに、何時ごろ帰ってくるか、メッセージを送ってみるか。

けど、何時に帰ってくるかがわかったところで、それまで外で時間をつぶさなあかんねんなー。それまでミチんちに避難《ひなん》させてもらう？　……最近寄《よ》らせてもらってないから、ちょっと気後《きおく》れやなぁ。

考えをめぐらせて、ふと、二階のほうを見上げると、

「おっ」

カン太《た》の部屋の窓《まど》が、わずかに開いているじゃないか。

そうだ、今朝《けさ》外気をあびようと、開けたのだった。あのあと、きちんと閉《し》めていなかったらしい。ラッキー。

二階の間取りは、ベランダのある部屋、そのとなりがカン太の部屋。

玄関《げんかん》のひさしの柱をよじ登ってベランダに到達《とうたつ》できれば、あとは屋根づたいに窓から侵入《しんにゅう》をはたせるはずだ。

よし。と、カン太はランドセルを下ろして、ひさしの柱を両手でにぎった。

ちょっと太いけど、両手両足ではさみこめば、登れそう。

（スピード勝負やな）

時間をかけてしまって、手が汗《あせ》ばんでくれば、途中《とちゅう》でずり落ちてしまうかもしれな

い。一気に登るべし。
「いったるで。おらっ」
気合い一発、カン太は軽くジャンプ。
――した瞬間《しゅんかん》。
(ゲッ。ま、またぁ!?)
足が地面を離《はな》れたとたん、全身が硬直《こうちょく》した。
例によってかなしばりにかかってしまったのだ。
もう、うんざりや!
〈まったく。とことん乱暴《らんぼう》な男だ〉

!
!
!

カン太は、柱にしがみついた状態《じょうたい》で、ずずーとおしりから地面に着地した。
はたから見たら、ひどくみっともない姿勢《しせい》なんだろうけど、もはやそんなこと、気

にしてはいられない。

なぜって、目の前にとんでもないのが現《あらわ》れたから。

「お、おお、お、オバケ！」

柱にしがみついた状態《じょうたい》でよかったかもしれない。ふつうに立っていたら、きっと腰《こし》を抜《ぬ》かして、激《はげ》しくしりもちをついていた。

〈オバケとは心外だ。つたないなりにも、もうちょっとマシな表現《ひょうげん》の仕方をしろ〉

「オバ、オバケじゃなかったら、ユーユーユー」

〈おぬしはバカか〉

ユーレイと言いたかったのに、言葉にならなかった。

オバケかユーレイじゃないのなら、なんだと言うのだ。

SL《エスエル》の煙《けむり》を思わせる白いモクモクが、中空に浮《う》かんでいた。

形は、どことなく人のようにも見えるし、べつの生き物のようにも見える。雲に似《に》ているから変幻《へんげん》自在《じざい》かもしれない。いまは手足が極端《きょくたん》に短い、そうだ、お星さまのイラストに近い。前後にもふくらみがあるので、ボコボコがすくなめな金平糖《こんぺいとう》といってもさしつかえない。

目も鼻も口もなく、なのに、しっかりカン太《た》のことが見えているようだし、会話もできている。はっきりいって気色悪い。カン太が想像《そうぞう》するオバケのほうが、よっぽど人間的だ。

つまり、そんなやつ。

そんなやつが、だしぬけに現れて〈オバケとは心外だ〉〈おぬしはバカか〉なんて。

こっちこそ言いたい。説教するにも、もうちょっと立場をわきまえて説教しろ！

〈おぬし、いま心のなかで、私《わたし》に不満をたれているか〉

どき。

「ううん、いいえ。たれてません」

〈ふん。こわがっていることは伝わる。いいあんばいだ。よろしい〉

「ど、どういうこと」

〈バチがあたったと思いたまえ。ガハハハ〉

バチ!?

「こ、これって、やっぱ呪《のろ》いみたいなもんなん？」

〈呪いではない。バチだバチ。ふとどき者め。しかしまあ、バチは『祟《たた》り』とも言い

換《か》えられるし、似《に》たようなものか。ふん、好きに解釈《かいしゃく》しろ〉

「おれ、祟《たた》られて、かなしばりになったん？」

〈そうでなくて、なぜかなしばりにかかるというのだ〉

「体が疲《つか》れてるときにかかりやすいって、友だちから聞いたけど」

〈おぬし、そんなにしょっちゅう、疲れているのか？〉

「どうかな、わからへん」

〈おぬしのかなしばりは、私《わたし》が盛大《せいだい》に祟った、まごうかたなき結果であーる〉

めっちゃえらそうに言う。

「なんでおれが祟られなあかんの。なんもしてへんのに」

お星さまの形の雲は、ふるるんと弾《はじ》けるようにふるえた。

〈いやはや、こんなにも祟るにふさわしい人物に出会えるとは。非常《ひじょう》によろこばしい〉

「よろこぶなっ」

〈おや、私に指図するか。祟りレベルを上げるぞ〉

「やめてっ……ください」

カン太《た》は、いったん深呼吸《しんこきゅう》をした。

「あのー」

〈なにかね〉

「いや、その、これは決して指図とかやないんやけど。かなしばりを解《と》いてくれ……くださいませんか」

さっきからずっと、カン太はひさしの柱にしがみついた状態《じょうたい》で座《すわ》っている。

〈おとなしくしているなら解いてやる〉

「おとなしくします。もう柱には登りません」

ならば、と雲が言って、ようやくカン太の体は自由になった。

おそるおそる立ち上がる。目線は雲からそらさない。襲《おそ》ってくるなよ、頼《たの》むから。

「……で、なんでおれが祟られるわけ？」

もう一度、たずねる。とにかくまず理由が知りたい。

〈おぬし、昨日、達磨寺《だるまじ》の本尊《ほんぞん》の御前《ごぜん》で不遜《ふそん》かつ野放図な態度《たいど》をとっただろう〉

「フソンカツノホーズって？」

〈意味は辞書で調べろ〉

調べなくても、なんとなく雲の言いたいことはわかった。

「あのときはユーキがおれをバカにしたから」

〈バカにされて当然だ、バカな態度《たいど》をとったのだから〉

カン太《た》は、昨日、達磨寺《だるまじ》の本堂《ほんどう》で手を合わせて、心のなかでとなえた言葉を、思い起こした。

——できるもんなら、おれの願いを叶《かな》えてくれや。

おれを、がまんのできる人間にしてくれや！

走っちゃいけないときに走りたくなる癖《くせ》や、じっとしていられない性格《せいかく》を、すこしでも改善《かいぜん》できたらなぁ、という想いで願った。

「オバ——あんたがかなしばりの原因《げんいん》なんかぁ」

〈さっきそう言ったろ。雨どいの目詰《めづ》まりの原因、みたいな言い方をするな〉

「思ってたんとちゃう」

〈なにがだ〉

「おれ、自分でがまんできるようになりたいって願ったはずやのに」

〈はずなのに？〉

「オバ――」

〈私《わたし》のことは、タイシと呼《よ》びたまえ〉

「タ、タイシに、強制的《きょうせいてき》にガマンさせられてる。ストップさせられてる」

〈そりゃあ『祟《たた》り』だからな。いつだって祟りは強制的なものだ。強制的でない祟りなどない〉

タイシという名の雲は上下にゆれて、

〈しかし、おぬしの猪突猛進《ちょとつもうしん》ぶりには、いささかまいった〉

「チョトツモーシンって？」

〈辞書で調べろ。安普請《やすぶしん》の家屋の柱に登ろうとしたり。さきほども。あんな危険《きけん》なタイミングで信号無視《しんごうむし》をするやつがあるか〉

「あ、ごめん。あのときは助かった」

〈礼などいらん。親切心から止めたわけではない〉

「じゃなんであのとき、かなしばりかけたん」

〈そりゃまあ、宿主に災《わざわ》いがあったら、なにかと面倒《めんどう》だし〉

「災いがあったらって。タイシこそ災いそのものやんか」

〈おお。『タイシこそ災《わざわ》いそのもの』か。ふんふん。悪くない評価《ひょうか》だ。いや、悪い評価か。けっこうけっこう。今日は絶妙《ぜつみょう》なタイミングで一時停止《いちじていし》させてやった。われながらナイス祟《たた》り。結果としておぬしを助けてやったことになるかもしれんが、それはあくまで結果だ。いずれにせよ、おぬしは私《わたし》に祟られていることを忘《わす》れるな〉

（へたくそな祟り方やなぁ）

〈いま、なにか心のなかで思ったか〉

「ううん、べつに」

けどなー。

「考え方を百歩ゆずったら、昨日の願いごと、叶《かな》っちゃってるねんな。かなり変化球な叶い方やけど」

〈なんとな？　叶っているだと。聞き捨《ず》てならん〉

そりゃタイシからすりゃ、カン太《た》の態度《たいど》に腹《はら》を立てて祟ったわけだろうけど、

「びみょーに叶ってるよ、おれの願い。止《と》まらなあかんときに、おれ、止まれてるもん。タイシのおかげで」

〈おかげ？〉

「タイシのせいで」

いちおう言い直す。ひき続き、ちゃんとこわがっていないと、タイシが機嫌《きげん》をそこねそうで。これ以上輪をかけて祟られるのはごめんだ。

〈つかぬことを聞くが〉

「はいどーぞ」

〈自分の力で止まりたいと、おぬしは申すか〉

「そりゃそうやろ」

〈あははは。笑わせる。おぬしには無理だ〉

「なんで」

〈心の底で、止まりたくないと願っているから〉

「……」

〈止まりたくないのに止まりたいだと。いかんともしがたいわがままだ。祟られてしかるべき人間だ〉

「理屈《りくつ》が乱暴《らんぼう》や」

〈おぬしに言われたくない〉

「祟《たた》るのは反則《はんそく》」

〈祟りに反則もくそもあるか。ばかたれ〉

「暴言《ぼうげん》もエグいし」

〈だからおぬしに言われたくない〉

あー言えばこう言うタイシ。

だが意思の疎通《そつう》ができるとわかると、だんだん警戒心《けいかいしん》も弱まってゆく。カン太は置いてあったランドセルを拾い上げて右肩《みぎかた》にかけた。

「さっそくやけど、祟り、全面的に解除《かいじょ》してもらっていいっすか」

〈そんなことを言える立場ではないと思うが。私《わたし》の祟りに感服したか？〉

「しました。参りました。心を入れかえます」

〈人の心が、そうたやすく入れかわるものか〉

「けど、入れかえへんと、タイシはずっと祟るつもりやろ？　なら、入れかえる努力をするしかないやん」

〈なんだ、意外とわかっているな。祟り甲斐《がい》がない。つまらん〉

雲の、上下左右に飛び出た部分が、音もなくちぢんだ。心情《しんじょう》が形に現《あらわ》れるのかもしれない。タイシに心があればの話だけど。

〈祟りを解《と》いてほしいなら、私を元の居場所《いばしょ》へ連れてもどれ〉

「元の居場所って？」

〈達磨寺《だるまじ》に決まっていよう〉

「オバ、タイシは、」

〈いちいち〝オバケ〟と言いまちがえそうになるな。腹立《はらだ》つ〉

「タイシはあの寺の、か……」

神さまって言っていいんだっけ？　ちがったっけ？

ユーキはなんと説明していたか。これ以上とんちんかんなまちがいを言って、タイシを不機嫌《ふきげん》にさせるのも得策《とくさく》じゃない。

「あの寺の、かくれキャラなんか？」

〈選び直したことばが、それか。もっと勉強しろ〉

「さっきから、おれの心を読んでるの？」

〈読んではおらん。だれがおぬしのきたない心を読みたいと思うか。おぬしは顔に出やすい。考えていることが透《す》きとおるようにわかる。私の存在《そんざい》は、どう想像《そうぞう》しても

らってもかまわん。とにかく、私《わたし》との〝祟《たた》り契約《けいやく》〟から解放《かいほう》されたいなら、私を達磨《だるま》寺《じ》にもどせ〉

「契約って。かわした覚えもあらへんのに」

〈自業自得《じごうじとく》だ〉

「それに、また達磨寺に行くとしても、週末になってまうわ」

〈では、それまでは契約続行ということで〉

「サイアク」

〈私は『サイアク』か〉

「あ、すんません」

〈いや、かまわん。『最も悪』と書いてサイアクだろう。悪くない。いや、悪い。ふふ〉

星の形をした雲は、ふっと消えた。

口やかましい説教も消えて、しずかになった。カン太《た》は深く息をはいた。

なにはともあれ、かなしばりの原因《げんいん》がわかった。おれがしょーもないことを願ったせいや。ほんのすこしばかりぞんざいな態度《たいど》で。

これって安心してもいいのか？
ブーブー、ピロン。
カン太のスマホに、母さんからメッセージが届《とど》いた。
《いまから帰りまーす》
安心するのは、家に入れてからにしよう。

翌日《よくじつ》の朝イチで思ったこと。

（週末が待ち遠し〜）

〈そんなに私をお払《はら》い箱《ばこ》にしたいか〉

「タイシ。やっぱおれの心、読めてるやろ」

〈読んでおらん。おぬしの顔に、そう書いてあるのだ〉

「おぬしおぬしって。おれの名前はカン太やからな」

名乗って、うかつだったと思う。祟り神に名前を覚えられたくはない。

「それと、急に出現《しゅつげん》するのやめてくれへん。めっちゃびびる」

朝起きたら、ベッドの横に、タイシは浮《う》いていた。

〈出現《しゅつげん》するもなにも、ずっとカン太《た》のそばにいるぞ〉

「キモ」

〈いま、なんと言った〉

「顔洗《あら》ってこよっと」

〈とことん無礼なやつだ。自業自得《じごうじとく》なのに〉

タイシはいちいちカン太が〈自業自得〉と強調してくる。そこがウザい。

〈なにか文句《もんく》がありそうな顔だな〉

「べつに」

勘《かん》がよすぎるところもウザい。

雲はいったん消え、朝食のときも現《あらわ》れなかった。

透明《とうめい》の状態《じょうたい》ではあるけれども、そばにいるのはまちがいない。みそ汁《しる》をずずっと飲み干《ほ》したあと、カン太は箸《はし》を持つ手をばさばさ大きくふってみた。見えないタイシの感触《かんしょく》があるかも、と思って。

「雨ごいでもしてるんか」と、父さん。

「ちゃう。小バエが飛んどってん」

カン太はてきとうにごまかした。

玄関《げんかん》を出るとき、雲が現れた。

〈私《わたし》を小バエあつかいするな〉

「似《に》たようなもん、あ、うそですごめんなさい」

しまいに本気で祟《たた》られないように、気をつけよう。

「タイシのこと、ミチに教えてもええかな」

〈あの華奢《きゃしゃ》な体格《たいかく》の子か〉

「うん。ミチのやつ、たぶんおれのかなしばりのこと、心配してるやろうから」

〈私はかまわんが、よけいに心配せんだろうか〉

「そのせりふ。悪霊《あくりょう》みたいな存在《そんざい》のくせに、ちゅーとはんぱに人情味《にんじょうみ》を出さんといてくれ」

〈『悪霊みたいな存在』か。ふふん〉

なんだかタイシは満足そう。

「え、なに、キモイと思われるのはアカンけど、悪者と思われるのはええの？ ワルっぽく言われるのがうれしいとか？」

〈べつにうれしいわけではない。過去《かこ》、かわいい――いや、尊《とうと》ばれたり敬《うやま》われたりしてばかりだったから、それ以外の評価《ひょうか》が新鮮《しんせん》なだけだ〉

めちゃくちゃうれしいんだ。素直《すなお》になればいいのに。

よし、だったら週末まで、ほめちぎって切り抜《ぬ》けよう。「いよっ悪の大統領《だいとうりょう》！」「諸《しょ》悪《あく》の根源《こんげん》！」などなど、多種多様なほめ言葉を用意して。

いきなりおどろかせないよう、ミチに紹介《しょうかい》するタイミングで現《あらわ》れる、とふたりでとり決め、タイシは再《ふたた》びすがたを消した。

だいぶん涼《すず》しくなってきた、朝の生活道路。

数軒先《すうけんさき》の家から、ちょうどミチが出てきた。

「おおい、ミチ」

カン太《た》はかけよった。

「おはよう、カンちゃん」

そういやミチったら、奈良《なら》のおばちゃんの影響《えいきょう》で、完全におれのこと「カンちゃん」って呼《よ》ぶようになったよなー。

「あんな」「あのさ」

ふたり同時にしゃべりだす。

「なんや」

カン太は、ミチに話をゆずった。先にタイシを見せてしまったら、ミチの話どころじゃなくなってしまうと思ったのだ。

「うん、あのね。ぼく、だるころ大会に、本気で出場しようと思ってるんだ」

「マジで」

「もちろん、カンちゃんは乗り気じゃないって、わかってるよ。だから、ぼくひとりでもいいんだ。それで、ぼくだけでユーキくんちへ行ったりする許可《きょか》をもらいたくって」

「おれに？　許可？」

「だって、ユーキくんはカンちゃんのいとこだし。おとといはカンちゃんの紹介があって知りあったんだし。許可は必要かなって思って」

「いらへんわ、許可なんか。仲よくなったんなら、好きにせぇや。おれに断《ことわ》ることあらへん」

「ほんとに？　ありがと」

ミチは心底うれしそうだ。

「実はさ、昨日学校を早退《そうたい》したのはね、おばあちゃんの容態《ようだい》があんまりよくなくて」

ミチのおばあちゃんのことは聞いている。長く入院しているという。昨日はおばあちゃんのお見舞《みま》いに行ったのだそうだ。

「ぼく、だるころの全国大会に出場するって、おばあちゃんに宣言《せんげん》した」

「おばあちゃんを元気づけるためか」

「うーん、そんなんじゃないけど、話の流れで。とっさの思いつきじゃないよ。出場の件《けん》は、おとといから真剣《しんけん》に考えてた。そんなとき、おばあちゃんから『なにか変わったことはないかい』って聞かれて、だるころの話をしたんだ」

おばあちゃんは、離《はな》れて過《す》ごす家族の無事を確認《かくにん》したくて「なにか変わったことはないかい」と孫にたずねたのだろう。

「『みんな元気にやってるよ』ってひとこと答えればすんだんだろうけど、おばあちゃんの楽しみが、すこしでも増《ふ》えたらなって、だるころの話題を思いついたんだ。それで、おばあちゃんと約束した」

「優勝《ゆうしょう》するってか」

「ううん、そこまでは。けど、決勝をめざすって、宣言しちゃった」

全国だるまさんがころんだ選手権大会《せんしゅけんたいかい》の日程《にってい》は、二日間にまたがる。

一日目が予選リーグだ。出場する四十以上のチームのうち、二日目の決勝リーグへ進めるのは十数チーム。決して広くはない門だけど、突破不能《とっぱふのう》とも言いきれない。

「そっか……」

がんばれ、というせりふを、のみこんだ。

ミチと別れ、カン太《た》は小学校へ足を向けた。

タイシがふわっと現《あらわ》れて、〈私《わたし》を紹介《しょうかい》しそびれたな〉と言った。

朝日に照らされた星の形の雲は、すこし黄色味が加わってきらめく。

〈しかしカン太は、つくづくやっかいな性質《せいしつ》をしている。止《と》まるべきところで止まれないくせに、止まらなくてよいところで止まろうとする。なぜあの子に『がんばれ』と言ってやらん〉

「ええやんか、もう」

「がんばれ」と言えなかったのは、応援《おうえん》する側に回って、この件を他人事ですませるのが、どこか惜《お》しい気がしたからだ。

はじめの一歩がそろわない

一 チーム結成

「なんで、おまえがこっちに来《く》んねん」

家の門の外でユーキと顔を合わすなり、カン太《た》は不満をもらした。

「先週は奈良《なら》まで来てもらったやろ。今回はおれからこっちへ出向くってことや。当然の礼儀《れいぎ》や」

今週末はユーキのほうから、カン太の町へやってきたのだ。

せっかく達磨寺《だるまじ》を訪《おとず》れて、タイシとの〝祟《たた》り契約《けいやく》〟を解除《かいじょ》するつもりだったのに。

「そんなに気にせんでもよかってん」

カン太こそユーキを気にせず、ひとりで達磨寺へ行けばよかったのだけど、ユーキがこっちへ来る以上、親から電車代をもらえない。自分のこづかいで工面するのは、ちょっともったいない。

「ほんま、調子のくるうやっちゃなぁ」

ぶつぶつ、ユーキに文句《もんく》をたれた。

しかも彼《かれ》は、カン太の知らない人物をひきつれてきたのだ。ふたりも。

ひとりは小柄《こがら》な女の子で、もうひとりは大柄《おおがら》なおとなの女性《じょせい》だった。

この奇妙《きみょう》なとり合わせに、ますます調子がくるう。

女の子は、つんとすましている。人見知りのあらわれだろうか。それともリアルに機嫌《きげん》が悪いのか。

おとなの女性のほう——二十代だろうか、母さんよりは若《わか》そうだけど——は、「こ、こんにちは」と、つまりながらもあいさつしてきた。この人はまちがいなく人見知りな性格《せいかく》だろう、目を合わそうともせず、肩《かた》をすぼめて、大きな体を必死で小さく折りたたもうとしている。

「この人ら、だるころチームのメンバー。カン太は参加するつもりがないなら、紹介《しょうかい》はええな」

つまり今日ユーキは、ミチに会いにきたのだ。

カン太はミチんちへ、ご一行を案内した。

ミチが顔を見せると、ユーキは「河川敷《かせんじき》のほうに行こか」と提案《ていあん》した。

「じゃあ、カンちゃん、行ってくる」

ミチに言われて、とまどってしまった。けどそっか、おれは部外者か。

「ああ、おう」

「なんやカン太《た》。来たいんなら来てもええねんぞ」

ユーキが言った。

「べつに行きたないけど、せやなー、どうせひまやし、見学くらいしたるわ」

「少年野球の練習は？」

「休業中」

「ええご身分やな」

「スポーツ少年には、いろいろあんねん」

河川敷《かせんじき》にはサッカーのグラウンドと、野球のグラウンドがある。カン太にとっては〝近寄《ちかよ》りたくない場所〟の新旧《しんきゅう》そろいぶみだ。

ユーキたちを、グラウンドから離《はな》れた公園に誘導《ゆうどう》した。グラウンド並《な》みに広い、芝生《しばふ》の広場だ。

ここでようやくユーキはメンバーを紹介《しょうかい》した。

「この子はモコ。小四。おとしまで、あやめクラブでいっしょやっててん」

ユーキはまず女の子を紹介。

「あやめクラブって？」と、ミチ。

「学童やよ」

両親の帰りが遅《おそ》いユーキは四年生まで、放課後はあやめクラブで過《す》ごしていた。

「んで、こちらは、あつほ先生。あやめクラブの先生」

大柄《おおがら》な女性《じょせい》は学童の先生だったのか。

といっても、あつほさんの挙動はどうも頼《たよ》りない。

「は、はじめまして。よ、よろしく、お願い……します」

先生とは思えないほど、おどおどもじもじしているのだ。

いっぽうモコという少女は、しゃべろうともしない。

「モコは柔道経験者《じゅうどうけいけんしゃ》や。今年の春、道場は退会《たいかい》してんけど、実力はお墨《すみ》つきやで」

ほめられても無表情《むひょうじょう》だ。

「なんで柔道やめてん」

カン太はつい口をはさむ。

ちらっと、モコがこちらに目をむけた。あきらかにカン太《た》をにらんでいる。

「いろいろあんねん」

ユーキは、さっきのカン太のせりふを真似《まね》て、その場を流した。

「ほな、なんで学童の先生まで、ユーキとだるころに参加するん」

「カン太、おまえ部外者のくせに、やけに会話にまざろうとするな。見学しに来ただけちゃうんか」

しまった忘《わす》れていた。メンバーのつもりになっていた。

ミチの自己紹介《じこしょうかい》が始まったところで、カン太はその場を離《はな》れ、公園内に設《もう》けられた石のベンチに座《すわ》った。

星の形の雲が、おもむろに現《あらわ》れる。この現象《げんしょう》にも、とっくに慣《な》れた。

〈カン太はやはり素直《すなお》じゃないな〉

「うるさいな、ほっといてくれ。〝悪の権化《ごんげ》〟のくせに」

〈悪の権化か。最高。いや最低〉

カン太はここ一週間で、さまざまなほめことばを編《あ》み出して、毎度タイシに言って
やっていた。昨日は〝恐怖《きょうふ》の大王〟と言ったら、めちゃくちゃよろこばれた。

タイシは存外《ぞんがい》に単純《たんじゅん》なやつだ。

おっと、こんなこと思ってることがバレたらまずい。

〈カン太も、本当は大会に興味《きょうみ》があるのだろう〉

ふと思いつく。

「ねえタイシ。あんたの祟《たた》り方って、かなしばりやん？」

〈ほかにもいくつかできるがな〉

「かなしばり以外にも、祟りのレパートリーあんの」

〈あるが、決して披露《ひろう》はせんぞ。危険《きけん》すぎるし。おぬしのような子どもに対する祟りは、かなしばりがギリギリだ〉

「遠慮《えんりょ》しなや。〝極悪非道《ごくあくひどう》〟のくせに」

〈カン太は、じょじょに語彙《ごい》を広めてゆくな。悪い意味の言葉だけ〉

「かなしばりって、自由に発動できるんやんね」

〈もちろん〉

「じゃ、鬼《おに》ににらまれそうになった瞬間《しゅんかん》、ストップ！　とかってのもやれる？」

〈もしや、かなしばりを逆《ぎゃく》に利用して、だるころで活躍《かつやく》しようという魂胆《こんたん》か〉

「そのとーり」

このまえ、ミチも言っていた。

――ひょっとしたら、だるころ大会に有利かもね。鬼《おに》が見てるあいだは、かなしばりで動かないっていう……。

「止《と》まれへんＳＬ《エスエル》ボーイなおれでも、タイシの力さえありゃ、だるころができるかも」

しかも、どんだけハイスピードでコートをかけぬけても、鬼がふりむいた瞬間《しゅんかん》、かなしばりにかかれば完全に停止《ていし》できる。うそっ!? その状態《じょうたい》で止まれる!? って感じの体勢《たいせい》でもピタッと止まれる。

〈やれやれ。おぬしは止まれない自分を蒸気機関車《じょうききかんしゃ》にたとえているが、正常《せいじょう》な蒸気機関車はちゃんと止まるからな〉

「止まるのは、操縦士《そうじゅうし》がブレーキをかけるからや」

やれやれ、と再《ふたた》びタイシはぼやくが、そのあと、ひとこと、

〈おもしろそうだな〉

カン太《た》の案に乗ったようだ。

〈祟《たた》り契約《けいやく》は延長《えんちょう》となるが、かまわんのか〉

「タイシに祟られることの不利益《ふりえき》と利益《りえき》を、天秤《てんびん》にかけてみてん。その結果、かまへんと判断《はんだん》した。大会が終わるまでよろしく頼《たの》んます」

〈ずるがしこさは天下一品だ。末恐《すえおそ》ろしい〉

「タイシ、しばらく消えといて」

石のベンチから腰《こし》を上げ、ユーキたちのもとへ歩み寄《よ》る。

「ユーキ。メンバーはまだそろってないんやんな」

ユーキは「うん」とうなずき、

「見てのとおり、あとひとり足りん。一チーム、五名やからな」

ユーキ、ミチ、モコ、あつほさん。現在《げんざい》、四名。

「おれが加わったら、晴れて五名や」

「カンちゃんも参加してくれるの？」

ミチの表情《ひょうじょう》がぱっとかがやく。

「なんで急に気が変わったんや」

ユーキはいぶかっている。

「まちがっても全国大会やろ。優勝《ゆうしょう》すりゃ全国ナンバーワンや」

「まちがっても、とちゃう。正真正銘《しょうしんしょうめい》の、や」

サッカー、野球と二大スポーツで挫折《ざせつ》して、だるころに転向……は、めちゃくちゃイケてないと考えていた。

しかし、この数日、タイシのご指摘《してき》どおり、実は気持ちがゆらいでいた。カン太《た》もネットで調べたのだ。

前回の大会はニュース記事になっている。写真もばっちり載《の》っていた。それどころかテレビでも紹介《しょうかい》されたらしい。いまの野球チームにいても、そんな機会には、まずめぐまれないだろう。

こんな手ごろなところに全国への挑戦《ちょうせん》の場がある。

その頂《いただき》に登りつめれば、一躍《いちやく》ニュースとしてとり上げられる。ニュースになればソラもミツルもバカにはしてこまい。全国覇者《ぜんこくはしゃ》の栄冠《えいかん》はでかい。それを手にしていない者が、手にした者を見下せるわけがない。

こんなオイシイ話、ほかにないって。

「おれも参加したるわ」

「えらそうやな」

ユーキはカン太の態度《たいど》に不服そうだけど、拒絶《きょぜつ》はしなかった。

「カンちゃんが加わるなら百人力だよ」

ミチが両手をグーにして、ぴょんぴょん跳《は》ねた。

二 だめすぎメンバー

その日の夜、ユーキから《だるころにエントリー完了《かんりょう》》とメッセージが届《とど》いた。

オッケーごくろーさん。……だけど、イマイチ気分が上がらない。

カン太《た》は昼間のことを思い返した。

メンバー初の顔合わせ、それから競技《きょうぎ》ルールの確認《かくにん》と、練習……。

練習は、ひどいありさまだった。目も当てられないひどさだ。

いちばん問題なのは、メンバーの運動能力《うんどうのうりょく》の低さだ。

ひとりを鬼《おに》にして、ほかの四人がだるころを実践《じっせん》した。プレー時間の二分はスマホのタイマーで計った。いまのところこれ以外に有効《ゆうこう》な練習法はない。もしあれこれ特訓をほどこしたとしても、おそらくついてこられないメンバーがいる。

ユーキは合格点《ごうかくてん》だ。動きに安定感がある。日ごろのランニングの効果《こうか》だろうか。

おれも合格。カン太は自負する。まがりなりにもサッカーと野球できたえた体力に、まちがいはない。鬼がふり返ったときに止《と》まれるか、という難題《なんだい》は、タイシとの祟り契約《けいやく》が解決《かいけつ》してくれた。タイシって、ほんと絶妙《ぜつみょう》なタイミングでかなしばりをかけてくれるのだ。その技《わざ》を職業《しょくぎょう》にしてもいいくらい。あ、もう職業にしてるのか。〝祟り業〟って職業があればの話。

（本番、二分の競技時間で、おれとユーキは、なんなくゴールできるやろな）

しかしそれだけでは勝てないのだ。ふたりがゴールできたとしても、獲得点数《かくとくてんすう》は四十点。対戦チームが全員ゴールすれば、四十対百で完敗だ。

勝利を得《え》るためには、極力全員がゴールすることを目標としなければならない。

その目標をはるか遠くにしてしまう存在《そんざい》が、ミチとあつほさんだった。

ミチの動きはさほど悪くないかに見えた。なかなか軽やかで、スピードもまずまず。しかし体格《たいかく》や、体重の軽さが裏目《うらめ》に出るのか、ストップする際《さい》、しょっちゅう足をすべらせるのだ。文字どおり〝転んだ〟状態《じょうたい》になってしまう。

「ハイスピードの動きから急にストップしようとするからあかんのとちゃうか」

「速い動作から無理に止まったら、ケガする危険《きけん》があるよ」

カン太とユーキがアドバイスするも、ミチはそれをうまくアクションに反映《はんえい》できない。〝動く〟と〝止まる〟をとっさに切り替《か》えられないのが最大の弱点だ。

それから、あつほさん。

カン太《た》は舌打《したう》ちしたい気分だ。

あんなドジなおとな、見たことない。速く動くと、止《と》まったときにバランスをくずす点は、ミチと似《に》ているかも。似ているかもだけど、ミチを三倍くらい無様にした感じだ。

ミチのときと同じようなアドバイスを送れば、今度は動きがのろくなりすぎて、二分以内のゴールが危《あや》うくなる。

「あと三十秒」と鬼役《おにやく》が伝えたら、とたんにあせってしまい、ヘタに速く動こうとして、鬼がふりむく以前に、よたよたとふらついてしまう。

数度目の練習でカン太は思った。手ごろな全国制覇《ぜんこくせいは》とたかをくくっていた。こりゃ全国どころか町内を制覇するのも困難《こんなん》だ。

……あと、モコ。

無口な柔道少女《じゅうどうしょうじょ》はさすが。だれよりも動作にキレがあった。はじめの第一歩など、カン太をしのぐ跳躍力《ちょうやくりょく》で先陣《せんじん》を切った。さらには、鬼役が「だるまさんがころんだ」のせりふに緩急《かんきゅう》フェイントをかけてふり返っても、まるで機械仕掛《きかいじか》けのように停止《ていし》する。カン太をもうならせるパフォーマンスで、何度もトップでゴールを決めた。

問題は、性格《せいかく》。モコは極度の負けずぎらいだった。

標準的《ひょうじゅんてき》な負けずぎらいだったならいい。カン太も負けるのがきらいだ。モコの短所は、負けたら周囲《しゅうい》がドン引きするほどヘソを曲げるところだった。

モコは一回目のプレーから三回連続でトップゴールを決めた。

「すごい、モコちゃん。かっこいい」

ミチに手放しで賞賛《しょうさん》され、モコもまんざらじゃなさそうだった。無表情《むひょうじょう》でも、顔が得意《とくい》そうに紅潮《こうちょう》していた。

四回目。カン太がトップゴールをかっさらってから、雲行きがあやしくなってきた。

そのときは、カン太とモコがゴール目前の位置にいた。最後の一歩のリーチが、カン太のほうが広く、モコからトップを奪《うば》った形となった。

「うおっつしゃあぁっ！　うおらあっ」

カン太がガッツポーズをした背後《はいご》で「もうっ」と甲高《かんだか》い声がした。モコが発した声だということに、カン太は一拍《いっぱく》おくれて気づいた。

五回目、ユーキが「ほな、次モコ、鬼役に回ろっか」と言ったら、

「うち、鬼《おに》の練習はやらへん」

モコは、なんとも身勝手な宣言《せんげん》をした。

「鬼役は練習とちがうくて、みんなの練習をサポートする役やで」

ユーキがさとすも、

「そんなん、うち、わからへん」

とぼけてそっぽを向く。

しかたなくそのまま五回、六回とプレーして、この二回とも、モコがトップでゴールした。このころにはカン太《た》も（たぶんほかの連中も）気づいていた。モコにとっては〝自分がトップでゴールすること〟が、勝利を意味することに。

モコが一着でなければ、ゲームは負け。彼女《かのじょ》のなかで、そんなルールができあがってしまっているようだった。

チームリーダーであるユーキは、それはちゃうぞ、と身をもって伝えたかったのだろうか。七回目、みごとトップでゴールしてみせた。もちろんそれで満足はしない。ひとりのゴールに二十点の価値《かち》はあっても、まだ勝利の確定《かくてい》にはならないからだ。

それが理解《りかい》できないのか、二着でゴールしたモコは「もうっ」と芝《しば》をけちらした。

八回目。決定的な事件《じけん》が起こった。

是《ぜ》が非《ひ》でもトップをねらいにかかったモコは、鬼のフェイントに対応《たいおう》しきれず、ゴール前で激《はげ》しく転倒《てんとう》した。

ほかのプレーヤーは全員後方に位置していた。みんな、暗黙《あんもく》の了解《りょうかい》でモコにトップをゆずるフォーメーションをとっていたのだ。

それなのに、モコはすっころんだ。完全にひとり相撲《ずもう》だった。

「モコちゃん、アウトォ」

鬼役だったのはミチ。転んだ瞬間《しゅんかん》を目撃《もくげき》した彼《かれ》は、親指を立ててアウトを宣告《せんこく》した。

そしてモコは、かんしゃくを起こした。

「うち、もうやらんっ！」

服についた草もはらわず、モコはわめきちらした。

「モコ、ドンマイ。ケガはないか」

「うっさいアホっ」

ユーキに「アホ」とぶっさすシーンは傑作《けっさく》だったけど、笑っていられなかった。

「モコちゃん、ごめん、ぼくが強引なフェイントをかけちゃったから」

ミチが、謝《あやま》らなくていいことを謝った。

「あんたの鬼《おに》、卑怯《ひきょう》や！　ズルしてなんが楽しいんっ」

「……ごめん」

「モコ。ミチくんはズルなんかしてへんで。鬼役はだれよりもうまかった。ええ練習になったで」

「どこがええ練習なんよっ。ユーキくんほんまアホちゃう」

あつほさんも事態《じたい》の収拾《しゅうしゅう》にのぞむ。

「モコちゃん、おしかったね、すっごく早くゴール前まで行けたのにね」

「うっさいうっさいうっさい。ドジっ子先生のくせにっ」

あつほさんにもつっかかる始末だ。

意外だったのは、ひどい言われようのあつほさんが、けろっとしているところだった。おどおどしてばかりの人だと思っていたのに、荒《あ》れくるうモコに対して笑顔でいられるのは、その場であつほさんただひとりだった。

「モコちゃん、次はきっといちばんよ」

「もう知らんっ。うち、もうだるころなんかやらんっ」

結局初日の練習は、八回目の途中《とちゅう》で終了《しゅうりょう》となった。モコが帰ると言いだして、グラウンドに背《せ》を向けて歩きだしたので、ほかのメンバーは彼女《かのじょ》を追わざるをえなくなったのだ。

カン太《た》は、モコが柔道《じゅうどう》をやめたわけが、なんとなくわかった気がした。

「あああーーー」

ベッドにねっころがり、カン太は長い息をはいた。

〈前途多難《ぜんとたなん》だな〉

天井付近《てんじょうふきん》を、タイシがふわふわ旋回《せんかい》している。

「まさかこんな波乱《はらん》の一日になるとは思わんかったよ」

〈初日はこんなものじゃないのか〉

「こんなもんでええんかな、あんな見苦しいチーム」

〈カン太からして、チームは見苦しいか〉

「だれからしたって見苦しいやろ。なんぼなんでもダメすぎる」

なぜユーキは、こんなメンバーを選んだんやろう。使えるやつがひとりもおらへん。

おれ以外は。

〈おぬし、自分を棚《たな》に上げていないか〉

カン太《た》は上半身を起こした。目線まで下りてきた雲と、対峙《たいじ》する。

「おれはじゅうぶんな戦力になることを、証明《しょうめい》できたと思うで」

〈私《わたし》の力に頼《たよ》ることでな〉

「おれが頼ってるおかげで、タイシも心おきなく祟《たた》れるんやろ。ウィンウィン。おたがいさまや」

〈その点は否《いな》めない〉

「はあ。あつほさんはドンくさいし、ミチはミチやし」

ゴールできた回数をふり返れば、ミチは二回。あつほさんはゼロだった。練習でゴールゼロなんて、逆《ぎゃく》にミラクルだ。

「モコは、いったんキレたらオシマイやし。なぁんもええとこあらへん」

〈カン太、おぬしだけだったな〉

「まーな。おれだけがきっちり活躍《かつやく》しとった」

〈そうじゃない。おぬしだけが、だまって見ていた〉

「なんを」

〈モコが爆発《ばくはつ》したおり、みなは彼女《かのじょ》をなだめようと声をかけたが、おぬしだけ、なにも言わなかった〉

「そら、なにを言ってもムダやとわかってたからや。実際《じっさい》、そうやったやろ。モコのやつ、だれの話にも聞く耳もたんかった」

〈だから、最初からあきらめていたのか。ふん〉

「……」
○○のくせに説教すなっ。といつものようにツッコみたかったのだけど、今回は○○にはまる悪のほめ言葉を思いつかなかった。

三 丘《おか》での特訓

メンバーのうち三人が同じ地域《ちいき》に住んでいて、ふたりだけはべつ、というところもチームの弱点だった。毎日集まって全体練習ができるわけじゃない。

次の練習は今週末。カン太《た》とミチが、ユーキんとこへ行くことになっている。

(ま、モコが頭を冷やすのを待つのに、一週間くらいがちょうどええかもな)

一日二日で収《おさ》まるような怒《いか》りには見えなかったし。

そして週末。

ミチと電車に乗って、ユーキの町をめざした。

〈ようやく練習日になったか〉

王寺《おうじ》に着き、近鉄に乗るまえにホームのトイレに入ったら、タイシがひとりごとのように言った。

カン太はあわてた。こんなところで出現《しゅつげん》すんな。

ミチにも、ほかのだれにも、タイシの存在《そんざい》は明かせていない。

雲はカン太がおしっこをしている真横に浮《う》いていた。

「タイシ、いまは引っこんでてや」

〈まわりに人はいない。安心しろ〉

ミチはホームで待っている。

「〈ようやく〉って、タイシ、練習が待ち遠しかったんか」

〈思う存分《ぞんぶん》カン太に、かなしばりをかけられるからな〉

鬼《おに》がふり返った分だけ、かけられるわけだ。

〈このところカン太は暴走《ぼうそう》せんからなぁ〉

たしかに、ここ一週間、かなり落ち着きが出てきたと、自分でも思う。ドッジボールでむちゃもしないし、もちろん道路にも飛び出さない。そうあってこそ、カン太としては平穏《へいおん》に暮《く》らせるのだけど、そうあると、タイシには不都合らしい。

「おれがなんかをやらかそうとするのを待たんでも、好きなときにかなしばりをかけりゃええやんか」

〈おぬし自身はそれでいいのか。生活に支障《ししょう》が出るぞ〉

「ほんまや。いまのナシ、忘《わす》れて」

〈よく考えもせず発言するところは、あいかわらずだな〉

「〝悪の化身〟のくせに、おれのこと気づかうタイシも、あいかわらずやで」

〈悪の化身！　いただきました〉

「けどほんま、かなしばりをかけることが生き甲斐《がい》やなんて、ヤバい趣味《しゅみ》」

〈人の〝欲望《よくぼう》〟を強制的《きょうせいてき》に止める。暴走《ぼうそう》するほどに強い欲望は、止める価値《かち》がある。

生き甲斐にして当然だろう〉

「てゆっかタイシって生きてんの？　〝生き甲斐〟があるってことは生き物？」

〈ノーコメント〉

「カンちゃぁん」

ミチの声がした。

タイシはすがたを消し、カン太《た》はチャックを上げた。

「そろそろ電車の発車時間だよ」

「おう。ちょうど膀胱《ぼうこう》が空っぽになったとこや」

「カンちゃん、いまスマホでだれかと話してた？　声聞こえたけど」

「んー、ただのひとりごと」

「〝タイシ〟がどうとか聞こえたよ」

そこまで聞かれていたか。

とりあえず手を洗《あら》ってトイレを出た。

「〝タイシ〟って、聖徳太子《しょうとくたいし》のこと、つぶやいてたの?」

ミチに問われ、カン太ははじめてハッとした。

タイシの正体ってまさか……。逆《ぎゃく》に問い返す。

「なあミチ。タイシって呼《よ》び名で連想するのって、やっぱ聖徳太子なん?」

「うん、そうだね。とくにいまは」

「いまは? 王寺町《おうじちょう》のマスコットが聖徳太子の愛犬やから?」

「雪丸《ゆきまる》ちゃんね。それもあるし、だるころの会場が達磨寺《だるまじ》ってこともあるし」

「あの寺と聖徳太子が関係あるんか」

「聖徳太子がある日、あの場所で、道に倒《たお》れた達磨大師《だるまだいし》を助けたんだ。それから亡《な》くなった達磨大師を祀《まつ》ったのが、達磨寺の起源《きげん》らしいよ。本堂《ほんどう》の真下に古墳《こふん》があったって聞いたでしょ。その古墳こそが達磨大師のお墓《はか》だといわれてるよ」

なんと。

「ダルマダイシってキャラもおるんか」

タイシとダイシ、響《ひび》きが似《に》ている。そのキャラも祟《たた》り神《がみ》の容疑者《ようぎしゃ》か？

「達磨寺《だるまじ》のご本尊《ほんぞん》がね、千手観音《せんじゅかんのん》、それから聖徳太子《しょうとくたいし》と達磨大師《だるまだいし》の像《ぞう》なんだよ」

そういえば達磨寺を訪《おとず》れたとき、本堂《ほんどう》に三つの木像《もくぞう》があった。あれが千手観音、聖徳太子、達磨大師だったのか。

ミチはスマホで達磨寺の起源《きげん》を検索《けんさく》した。

『日本書紀《にほんしょき》』によると、聖徳太子があの場所に達磨大師のお墓《はか》をつくったのが、飛鳥時代《あすかじだい》。それから数百年後の鎌倉時代《かまくらじだい》、お墓のあった場所にお堂が建てられた……などなど、ミチがスマホを見ながら解説《かいせつ》してくれた。

しかし残念ながら、ほとんどカン太《た》の耳には届《とど》かなかった。

電車に乗って、ポケットから、くちゃくちゃにたたまれたチラシを取り出す。以前ユーキにもらった、だるころの案内だ。

チラシの上のほうの文章に目を通す。漢字が多いので、これまでスルーしていた。

奈良県王寺町《ならけんおうじちょう》の達磨寺は、『日本書紀』に記される片岡飢人伝説《かたおかきじんでんせつ》を由緒《ゆいしょ》にして創建《そうけん》

されました。飢人伝説とは、飛鳥時代の推古《すいこ》二十一年（六一三年）に聖徳太子が片岡《かたおか》で道に臥《ふ》せった飢人に出会い、助けた物語で、のちに飢人は達磨大師の化身だと考えられました。聖徳太子千四百年御遠忌《ごおんき》である二〇二一年、太子の「和《わ》の精神《せいしん》」と達磨《だるま》の「七転八起《しちてんはっき》」に基《もと》づき、困難《こんなん》に苦しむ人々《ひとびと》が助け合い、再《ふた》び立ち上がるために、日本で初めて達磨さんが〝転んだ〟場所ともいえるここ達磨寺において、「全国だるまさんがころんだ選手権大会《せんしゅけんたいかい》」を開催《かいさい》することとなりました。

ようするに、聖徳太子が道に倒《たお》れた達磨大師を助けて、およそ千四百年後、同じ場所でだるまころ大会が開かれたってことだ。

（てことは、タイシの正体は、聖徳太子か、達磨大師？）

ミチの解説によれば、達磨大師は中国禅宗《ちゅうごくぜんしゅう》の開祖《かいそ》らしい。聖徳太子のほうも授業《じゅぎょう》で習っている。そりゃもうめちゃくちゃビッグな偉人《いじん》だ。

しかし、ひとつ疑問《ぎもん》がわく。

タイシが太子であれ大師《だいし》であれ、どうして、もやもやした雲みたいなすがたで現代《げんだい》によみがえって、人を祟るような存在《そんざい》になってしまったのだろうか。

（なんでや？）

お寺に祀《まつ》られるほどの立派《りっぱ》な人物が、なぜ。

カン太《た》の頭も、もやもやしたまま、降《お》りる駅に到着《とうちゃく》した。


集合場所は馬見丘陵公園《うまみきゅうりょうこうえん》の大型《おおがた》テントだ。なだらかな丘《おか》に設《もう》けられたテントで、周囲《しゅうい》は芝生《しばふ》の広場になっている。

ユーキんちに寄《よ》ってから、三人で公園へ向かうと、すでにあつほさんとモコが待機していた。ふたりはテントの下に座《すわ》って、なにをするでもなく景色をながめている。

「おまたせ」

ユーキがふたりの背中《せなか》に声をかけた。

「ユーキくん、こんにちは」

あつほさんが、すぐにふりむいた。

「ミチくん、カンちゃんも、こんにちは」

あつほさんはミチの影響《えいきょう》か、カン太を「カンちゃん」と呼《よ》んだ。ふりむきざまの笑顔も口ぶりも、なんだか先週とちがう。まるで一週間で、ちゃんとおとなに進化した感じだ。

「あつほ先生、こんにちは」

ミチは笑顔を返した。

カン太も「ちわっす」と、あいさつをすませる。

あつほさんの横で、モコは口を結んだままだ。顔はこちらに向けているけど、目がべつの方向に向いている。

カン太は、モコが来ていることに対して、ほっとしたのと同時に、すこし不快《ふかい》だった。先週の傍若無人《ぼうじゃくぶじん》なわがままっぷりが鮮明《せんめい》によみがえる。あれだけ大暴《おおあば》れしておいて、今日はなにごともなかったかのように無表情《むひょうじょう》を見せびらかしている。

「今日、ここを練習場所に選んだのは――」

ユーキが説明を始める。

「斜面《しゃめん》になってるし、そこを利用すれば、平衡感覚《へいこうかんかく》とかの訓練になると思うからやねん」

「そっか。ここで練習したら、平地のコートではなんなく動けそうだね」

ミチが納得《なっとく》している。

(そんな、かんたんにいくかぁ?)

疑問《ぎもん》だ。でもカン太《た》は、こんなデコボコチームをしきるつもりにもなれないから、おとなしくユーキの案にしたがう。斜面《しゃめん》でのタイシストッパー(かなしばりのことを、最近はこう呼《よ》ぶようになっていた)の威力《いりょく》も体感してみたい。


まず五回、斜面の下方をゴールにして、プレーすることになった。

一回目のスタート時、いきなりモコとあつほさんが、そろってすってんころりんした。芝《しば》にすべってしりもちをついた形だ。はじめの第一歩でのことだったので、アウトにはならなかった。幸い、モコはかんしゃくを起こさなかった。あつほさんもいっしょに転んだのが、よかったのかもしれない。

一回目終了後《しゅうりょうご》、あつほさんが言った。

「斜面で動いたり止《と》まったりって、むずかしいねー」

彼女《かのじょ》はまたもアウトになって、ゴールできなかった。

わずかにうなずいたモコの顔が、すこし笑ったように、カン太には見えた。

「ねえ、カンちゃん」

ミチが声をかけてきた。

「先週からずっと気になってたんだけどさ。かなしばり効果《こうか》、活用してるの？」

ギク。

「なんでそう思うんや？」

「まえにそんな話したじゃん。そういや、あれからカンちゃん、かなしばりにかからなくなったのかなぁって気になってたんだけど」

「その節はどーもご心配をおかけして。あれな、なんでもなかったみたいや。症状《しょうじょう》、すぐなくなって。ミチの言うとおり、ちょっと疲《つか》れがたまってただけかな」

「ふうん……そうなんだ。じゃ、やっぱりカンちゃんの実力かぁ」

「実力？」

「カンちゃん、自覚してないかもだけど、めっちゃきれいにストップできてるよ」

いいえ自覚してます。

「鬼《おに》がふり返りざまの完全停止《かんぜんていし》。まるでカンちゃんだけ時間が止まったみたいにピタッて止まってる」

あつほさんも言う。

「わたしもそう思います。カンちゃん、コツを教えてもらえないかな」

「え、ええー？　コツすか」

コツは、達磨寺《だるまじ》でフソンカツノホーズな態度《たいど》で願いごとをして、祟《たた》られること。

なんて言えるわきゃない。

「カン太《た》の、持って生まれた素質《そしつ》ってやつちゃうか」

ユーキもほめだす。

「おまえ、サッカーも野球もなんでもこいやもんな」

サッカーと野球でカン太が〝やらかした〟ことを知らないから、そう言えるのだ。

「ま、まあ、みんなも地道に練習続けとったら、おれみたいになれるわ」

「なれるかなぁ、カンちゃんみたく超人的《ちょうじんてき》に。なりたいけどなぁ」

もはや「実はタイシのせい（おかげ）やねん」とは告白《こくはく》しにくい状況《じょうきょう》だ。

自分をほめちぎるメンバーから目をそらした視線《しせん》の先に、モコがいた。

一瞬《いっしゅん》目があって、すぐにそっぽを向かれた。

（完全にライバルとして意識《いしき》されてるやんけ）

やりにくくなるんやないかなぁ。不安がつのる。

斜面下方《しゃめんかほう》をゴールとした練習で、その後、モコはすべてトップでゴールした。

次に上方をゴールとして五回やって、それからコートの左側が下方になるゴール位置、右側が下方になるゴール位置で練習した。これにはみんな、なかなか苦戦した。

モコでさえ、数回転んだ。

結局、モコは一度も鬼役《おにやく》に回らなかった。それはユーキが鬼役を指示《しじ》しなかったからでもある。

あつほさんは途中《とちゅう》で「はぁはぁ、ひぃひぃ」息をして、何回か休憩《きゅうけい》した。ユーキが鬼のときに一回ゴールできたけど、いっさいフェイントなしの回だった。


「今日は、こんなもんかなぁ」

斜面を活用した練習をひとしきり終えて、ユーキが言った。

「はい、はい」と、ミチが手を上げた。

「なに、ミチくん」

「だるころの会場って砂地《すなち》だよね」

「うん、予選は体育館やけどね」

「体育館の床《ゆか》はともかく、砂地《すなち》と芝生《しばふ》って、条件《じょうけん》がちがうよね」

「たしかに砂《すな》のコースにも慣《な》れとかな、あかんかなぁ」

「ほな、どっかの砂場《すなば》で練習するか？　そういう公園が近くにあるんなら」

めずらしくカン太《た》も発言した。

「あるはあるけど、児童公園の砂場は小さすぎるで」

ユーキの意見はもっともだ。一般《いっぱん》の砂場は、競技《きょうぎ》コートの十分の一もない広さだ。

ほんの数歩分しか練習できない。

「それに、かたい砂地と、砂場のやわらかい砂。そっちはそっちで条件ちゃうしなぁ」

あつほさんも手を上げて、

「砂場は砂場で、いい練習になりそう」

「でも練習ができるほど広い砂場なんて……」

「うってつけの場所があるよ」

あつほさんが言った。

「どこ？」

「いまから行こっか。ちょっと離《はな》れてるけど、わたしの車でなら、すぐだし」

「そっか。あつほ先生、今日も車なんや」

ユーキとあつほさんの会話に、カン太は口をはさむ。

「今日もって？」

ユーキが答える。

「先週、カン太んちに行ったのも、あつほ先生が車出してくれてん」

そういうことか。ちょっと意外に思った。

（あつほさんって、車、運転できるんや）

勝手に、なにもできないおとなだと決めつけていた。

四 秘密《ひみつ》の場所

馬見丘陵公園《うまみきゅうりょうこうえん》の駐車場《ちゅうしゃじょう》にとめてあったあつほさんの車は、大きなワゴンだった。カン太《た》んちの車より大きい。

「でかっ」

「ハイエースグランドキャビン」

あつほさんが車種を教えてくれた。

「親せきにゆずってもらった中古だけどね。おっきな車って運転しやすいの」

あつほさんは、余裕《よゆう》の笑みをたたえている。

モコが助手席に乗った。ユーキが二列目のシートに座《すわ》り、ミチが「おじゃましまーす」と家に上がるようなノリで続いた。カン太は三列目に座った。

発車した車は十五分ほどのちに、王寺駅《おうじえき》に近い駐車場に入った。

「こんなところに広い砂場《すなば》なんか、ある？」と、ユーキ。

「あるのよねー」

車を降《お》りて、あつほさんを先頭に路地を進む。

石段《いしだん》を上がり、川の堤《つつみ》に出た。前回歩いた葛下川《かつげがわ》よりも大きな川だ。

「大和川《やまとがわ》？」

だれにともなくたずねたミチに、あつほさんが「正解《せいかい》」と言った。

近くの石段から、河川敷《かせんじき》に下りる。

ランニングのコースを横切って、あつほさんは川のほうへ向かう。

はしっこまで来ると、「なるほど」とユーキが声をあげた。

短い石段の下に、砂浜《すなはま》があった。

砂浜としては中規模《ちゅうきぼ》だけど、公園の砂場に比《くら》べたら、うんと広い。

「ここなら、だるころがじゅうぶんできるでしょ」

あつほさんは言った。

カン太は陸地のほうをふり返った。

なんだか不思議な場所だった。堤からも河川敷からも、この砂浜は見えなかった。

川べりまで歩いてきて、やっと見える砂浜なのだった。左右は草木に囲《かこ》まれていて、まるで一般《いっぱん》の世界から、隔離《かくり》されているような場所だ。

「あつほ先生の好きな場所？」

聞きなれない声にふり返ったら、モコだった。

「うん。学生時代《がくせいじだい》、よくひとりでここに来てた。先生の、秘密《ひみつ》の場所。夏場ね。石段《いしだん》の上が草ぼうぼうになりすぎて、完全にかくれちゃうこともあるの。そんなときでも、えいっえいって草をかきわけて進んだら、砂浜《すなはま》に出られるんだ」

あつほさんは、草をかきわけるジェスチャーをして話した。

「なんで、秘密の場所、うちらに教えてくれたん」

モコのそぼくな質問《しつもん》に、あつほさんはいつものように笑顔でこたえた。

「だってチームのためだもん」

「ええとこやね」

「モコちゃんも気に入った？」

「うん、まあまあ。……あ、鳥！」

水辺に、首の長い鳥がいた。サギの一種だ。こちらを警戒《けいかい》したのか、大きな翼《つばさ》を広げて飛び立っていった。

「まあまあ好き」

サギを見送りながら、モコがつぶやいた。

かんしゃくを起こしていないときの声。案外《あんがい》、小さい声なんやな。せやけど「まあまあ」てなんや「まあまあ」て。カン太《た》はこっそりツッコんだ。


砂浜で行うだるころは、なかなかためになったと、カン太は実感した。

これまでのプレーでカン太は、どんなに派手《はで》な動きや体勢《たいせい》をとってもタイシストッパーで止《と》まれるので――モコにえんりょはしつつも――ガンガンゴールを攻《せ》めていた。ところが砂浜だと、それがしにくいのだ。なぜって、激《はげ》しく動こうとすればするほどスニーカーのなかに砂《すな》が入ってくるから。これがなんとも不快《ふかい》なのだ。なのでここでは、セーブ気味のパフォーマンスに徹《てっ》した。

履物《はきもの》に侵入《しんにゅう》する砂に悪戦苦闘《あくせんくとう》するのは、ほかのメンバーも同じらしい。ふだんはクールなユーキも「わーサイアク」と愚痴《ぐち》りながら、ゴール後、ぬいだスニーカーをひっくり返して砂を排出《はいしゅつ》していた。

「待てよ、どーせなら裸足《はだし》でやるのもありかな」

「ユーキ、本番は十一月やろ。裸足は寒いんとちゃうか」

「そっか。足の感覚、逆《ぎゃく》ににぶるかもな」

ユーキは、カン太《た》の意見に納得《なっとく》した。

「足袋《たび》を履《は》くってのもアリかもね」と、あつほさん。

「タビってなに？」と、モコ。

あつほさんは、ひろった木の枝《えだ》で砂《すな》に絵を描《か》いて説明した。

「こんなふうに親指と人さし指のあいだに割《わ》れ目が入った、昔からある履物《はきもの》だよ。いまでも大工さんとかが履いてるかな。裸足《はだし》の感覚に近いけど、ソックスみたいに足の入口が高いから、砂も入ってこない」

「ふうん」

などと妙案《みょうあん》も出たけど、みんなの結論《けつろん》としては、履き慣《な》れた靴《くつ》で挑《いど》むのがベスト、ということになった。

「じゃ、予選は？　予選だけ屋内なんだよね。どうしたらいいかな」

ミチの疑問《ぎもん》に対して、カン太が意見する。

「ふだん学校で履いてるうわばきとか？　それか、そのときこそ裸足でええんとちゃうかな。とにかく床《ゆか》ですべらんよう、グリップ力のある足の裏《うら》で挑むべきや」

ユーキがハハと笑った。

となりで、ミチもあつほさんも笑っている。

「な、なんやねん」

「『グリップ力のある足の裏』がウケた」

「足の裏だけサイボーグ、的な」

あつほさんがすばやくたとえて、今度はカン太がふき出してしまう。

足の裏だけサイボーグって。想像《そうぞう》したらおもろいな。ゴムのソールに改造《かいぞう》された足の裏とか？　あつほさん、お笑いの瞬発力《しゅんぱつりょく》はあるかもしれない。

練習が再開《さいかい》される。

砂の侵入《しんにゅう》を防《ふせ》ぎたいなら、前に出す足を極力しずかに下ろさなければならない。無理に走ったりすれば最後、靴のなかは砂のえじきとなる。自然、あせらずゆっくり進む練習になった。

この動きは、あつほさんに向いていたようだ。だいぶん安定感が表れてきた。もとより、気負わずふつうに歩けば、着実にゴールに近づけると気づいたのだろう。

何度かプレーするうち、メンバーおのおののテンポが身についてきた。

そして……再《ふたた》び緊迫《きんぱく》の瞬間《しゅんかん》が訪《おとず》れた。

ミチが鬼役《おにやく》のときだった。ゴール手前で、カン太《た》とモコがほぼ横並《よこなら》びになったのだ。

（ゲ。これ、あのパターンやん）

先週の事件《じけん》が脳裏《のうり》によみがえる。

あいかわらず、モコがトップでゴールするお約束は継続中《けいぞくちゅう》だ。当然今回もそうしなきゃ、いけないだろう。一発トップをちょうだいしても、あんなイヤな気分にさせられたら、わりに合わない。

ただ、今回はカン太のほうがわずかにリードしている。ここでゴールをゆずるのは、あまりにも不自然だ。……ま、これまでもじゅうぶん不自然だったけど。なんせ今日は、百パーセントすべてモコがトップを決めている。

などなど、ほんの数秒間の心の葛藤《かっとう》を経《へ》たのち、眼前《がんぜん》の鬼・ミチがプレーヤーに背《せ》中《なか》を向けた。

「だぁるまさんが――」

カン太が右足を出したのと同時に、モコが動いた。

（わ、来た）

がらにもなくビクついたカン太は、上げた右足をすぐに下ろしてしまう。

だが、どっちにしてもモコのゴールのほうが早かったかもしれない。

彼女《かのじょ》はゴールめがけてジャンプしたのだ。

ゴールのあたりは地盤《じばん》がすこし固まっていて、うまく着地すれば靴《くつ》に砂《すな》が入ることもない。おそらくモコは、そこまでひとっ飛びすれば、カン太に勝てるし、砂の侵入《しんにゅう》も防《ふせ》げて一石二鳥と判断《はんだん》したのだろう。

しかしモコは着地に失敗した。

前方へつんのめり、でんぐり返りのごとく、回転したのだ。

(あちゃー、やってもたぁ……か？　ん？)

歩を進めることも忘《わす》れ、カン太は目をみはった。

たしかにモコは着地に失敗した。

しかしカン太の目には、転倒《てんとう》したようには見えなかったのだ。

モコは回転した直後に起き上がれているし、ゴールもできている。着地ミスでアウトになったわけじゃない。

「すげえ、いまの」

カン太《た》は思わず声をあげた。

やはりふてくされているのか、モコは無言でおしりのよごれを手ではらった。

「めちゃくちゃカッコよかった」

カン太のせりふに、モコがはじめて「え？」という顔で反応《はんのう》した。しかし、すぐもとの仏頂面《ぶっちょうづら》にもどる。

「カンちゃん、アウト」

こちらを向いたミチに、宣告《せんこく》された。

タイシもモコにおどろいたのか、タイシストッパーが解《と》かれていたのだ。

結果この回は、カン太以外の全員がゴールした。これは初のパターンだった。

カン太は、いまのプレーについて、モコにしゃべりかけたかった。

けど、もしヘンにほめて、逆《ぎゃく》にキレさせたらなぁ……。かんしゃく持ちの起爆《きばく》スイッチは、どこにあるかわからない。

このようすをタイシはこう表現《ひょうげん》するかもな。

〈やはりカン太は、なにも言わんのだな〉

あとでからかわれるくらいなら、いまのうちにそれを阻止《そし》しておくか。

キレられたら、そのときはそのときだ。よし。

「モコ、ちゃん。さっきの、すごかったな」

モコは仏頂面のままだ。でも、こちらをにらむことはなかった。

「ほんと。アクション映画《えいが》みたいだったね」

あつほさんも同調する。

するとユーキが、

「モコ、とっさに受け身をとったんちゃうか」

その言葉に、モコは顔を赤くしながらうなずいた。

「そっか！」

カン太はさけんでしまう。

「柔道《じゅうどう》やってたから。そっか受け身か。そんで倒《たお》れた衝撃《しょうげき》を緩和《かんわ》させたんやな。めっちゃきれいに決まってたで」

「カンちゃん、それで感動して、アウトになっちゃったもんね」

ミチのせりふに、一同が笑う。

「なるほどなぁ、受け身か。やるやん」

モコの技《わざ》、マジでイケてた。

ジャンプのあと、地面に足をついてはいたけど、そこさえ目をつむれば、ほぼ完ぺきな飛びこみ前転だった。おれもあんな感じで、本番、なるたけ派手《はで》なパフォーマンスで目立っておけば、ニュースになるかもしれない。

「おれにもジャンプ&受け身、できるかな」

「やめとけカン太《た》。柔道《じゅうどう》の技術《ぎじゅつ》をあまく見んな」

ユーキに忠告《ちゅうこく》された。

「けどおれ、モコちゃんみたいになりたいねん」

本音である。

「やるなら得意分野《とくいぶんや》の野球の技を応用《おうよう》しろ」

「野球の技ってなんやねん」

「いろいろあるやろ。どっちにしてもケガには気をつけてくれよ。じゃ、次の鬼《おに》、おれが――」

「うち、やる」

「え?」

ユーキを筆頭に、きょとんとした。

「次、うちが鬼やる」

モコが、さっきまでミチが立っていた場所にスタンバっていた。

「……よっしゃ。ほな、頼《たの》むわ」

ユーキ、ミチ、あつほさん、そしてカン太。四人はだまってスタート位置に立った。

「じゃ、いこう」


はじめの第一歩！


ようやくメンバーの足並《あしな》みがそろってきた、この回。

全員アウトになった。

モコのすさまじいフェイントとすばやいふりむきに、だれもゴールを勝ち取れなかったのだ。タイシすらフェイントにだまされた。

〈あのモコという子、みごとな鬼っぷりだった〉

その夜、タイシが言った。

「そのほめ言葉、モコはいやがるかもな」

〈カン太《た》、おぬしもやるな。見直したぞ〉

「はあ？　なんのこと」

〈照れるな。らしくない〉

タイシだって、らしくない。

太子か大師《だいし》か知らんけど、もうなんだっていい。本番まで、よろしく。

七《しち》転《てん》八《はっ》起《き》で
あきらめない

一 ダサくて熱い

十一月。いよいよ大会目前、という週の水曜日。

放課後、下校途中《げこうとちゅう》に、ソラとばったり出くわした。

「カン太《た》。最近なんで練習に来《け》ぇへんねん」

いきなり聞かれた。

ソラとは野球チームがいっしょだが、学区はちがう。どうやら、その話をするために、わざわざカン太んちの近所まで来て、待ちぶせしていたらしい。電柱のそばに、彼《かれ》の自転車がとめてある。

「なんでて。わかるやろ」

カン太は、なかばやけくそになって、はき捨《す》てた。

ソラに、にらまれる。

「ちょっとおれに小言言われたからって、すねんなや」

「すねてへん」

いや、すねていたのかもしれない。モコのことを言えた口じゃない。ソラとミツルに野球の拙攻《せっこう》を責《せ》められたのには、そりゃ腹《はら》が立ったし、なさけなかった。弱点がばれて、恥《は》ずかしかった。それ以上に恥ずかしかったのは、汚名返上《おめいへんじょう》する自信がなかったからだ。

ううん、ちゃうな。おれが恥ずかしかったんは、汚名返上する機会から、逃《に》げ出したことや。

もしかしたら、いまならタイシストッパーを活用して、野球でもむちゃな衝動《しょうどう》を制《せい》御《ぎょ》できるかもしれない。だがカン太は、それですら自信が持てなかったのだ。祟《たた》り契約《けいやく》は永遠《えいえん》じゃないし、野球のプレーは、止《と》まる、動くの単調なくり返しで成り立つものでもない。チームへの貢献《こうけん》となるようなプレーが、できる自信がない。

だからカン太は、

「せやな。おまえの言うとおりや。おれはすねて逃げ出したんや。ダサいやろ」

もうどーせ野球も引退《いんたい》だ。笑われたっていい。ソラとも会うことはない。

「ダサくはないで」

「は？」

ソラのせりふに、カン太《た》はとまどった。

「べつにダサくないと思うで」

「なんや、はげましとるつもりか」

「ちゃう、そうやない。逃《に》げ出すのにも勇気がいる。おれに、そんな勇気あらへんもん」

「……」

なにを言うとんねんこいつ、とは思うも、二の句《く》をつげないカン太だった。

「おれだって、なんもかんもほっぽり出して逃げ出したくなることがある。けど、結局、びびってよう逃げ出されへん。こわいんや、あとで怒《おこ》られるのが」

「うちの監督《かんとく》は怒らんやん」

「ううん。おれの天敵《てんてき》は父ちゃんと母ちゃんや。知ってるやろ」

ソラの両親とは、カン太も試合のときによく会う。ソラに対して過度《かど》に期待しているのが、ありありとわかる。

「ときどき思うわ。おれ、だれのなんのために野球やってんのやろって。……なあ、カン太。その場から逃げられるって、ある意味最強やで。おれからしたら、怖《おそ》れる相手がおらへんのといっしょや」

「逃げるが勝ちってか？　ものは考えようやな」

言ったら、なんだか笑えてきた。

ソラも顔が笑っている。

「カン太。もし逃げるんにあきたら、もどってこいや」

「そしたら、またチームワークを乱《みだ》すかもやで」

「乱したら、おれがキツめに注意したるやん」

「たまらんなぁ」

「待ってるで、SL《エスエル》ボーイ。さっそく今週末、どうや？　電撃復帰《でんげきふっき》」

「気ぃはやっ。考えさせろ。いまのいままで引退《いんたい》を決意しとった人間やぞ。どっちにしても、次の土日はあかん」

「用事があるんか」

「ちょっと全国大会に出場すんねん」

「壮大《そうだい》なことをさらっと言うな。どういうことや」

「だるころの大会。全国だるまさんがころんだ選手権大会《せんしゅけんたいかい》や。奈良《なら》の王寺《おうじ》で開催《かいさい》される」

「へえ！　そんなんあるんか。おもろそうやな。優勝《ゆうしょう》めざすんか」

「あたりまえやろ」

「わかった。それならしゃーない。がんばれ、応援《おうえん》してるわ」

ソラは自転車にまたがって、最後にこうつぶやいた。

「やっぱ、ぜんぜんダサくないやんけ」

彼《かれ》が去ったあと、タイシが現《あらわ》れた。

〈熱いヤツだな〉

落ち葉を舞《ま》わせた秋風が、ふるるうっと、カン太《た》のそばに小さなつむじをつくった。

二 だるころファイト

予選リーグ当日。

王寺町役場《おうじちょうやくば》の、道路をはさんで向かいに、王寺アリーナという体育館がある。ここが予選会場。幅《はば》十メートル × 長さ十五メートルの競技《きょうぎ》コートが設《もう》けられ、その周囲《しゅうい》に多くのチームが集結していた。

同じ日に町内では、お祭りイベント・王寺町ミルキーウェイが開催《かいさい》されており、そのお客さんが前の歩道を行きかっている。

「いつもの練習の気分でいけば、ぜったい点は取れる」

開会式ののち、円陣《えんじん》をつくったなかで、ユーキが言った。

「一歩一歩、あせらずゆっくり前へ進めば点になる」

「うん、そうよね、あせらずあせらず」

ひとりごとのように自分に言い聞かせるあつほさんは、もうすでにあせっているように見える。

モコが言った。

「あつほ先生。緊張《きんちょう》するようやったら、うちらの背中《せなか》を見ながら歩いて」

カン太《た》も続く。

「せや。ゴールとかまわりなんか見んと、おれらの背中を見とりゃええねん」

「なんかそれって、わたしがいちばんおそいって言ってるみたい」

「あれ、バレた？」と、モコ。

「おれらの頼《たの》もしい背中を追えるのは、おそい人だけの特権《とっけん》やで」と、カン太。

「なんかくやしい。その背中、ぜったい追い抜《ぬ》く」

「あつほ先生、だからあせっちゃダメだってば」

ミチが忠告《ちゅうこく》し、円陣《えんじん》に爆笑《ばくしょう》が起こった。

「それはさておきユーキ、これがおれらのチーム名か」

受付の際《さい》にもらった、大会の『公式ガイドブック』を開く。

A《エー》からL《エル》まである決勝リーグのうち、ユーキ率《ひき》いるわがチームはリーグAに組まれている。

チーム名は『だるころファイト』だ。

「べつにええねんけど、そのまんまつーか」

「『だるころファイターズ』にしてもよかったかもね」

ミチも意見した。

とたんにユーキの目が点になる。

あ、まずい、このだいじな局面で、ユーキの弱点が出ちゃってる。まさか、チーム名にダメ出しがあるとは想定していなかったのだ。

ユーキは、しばし無言となったあと、しどろもどろに言い訳《わけ》した。

「えーと、申しこみがさしせまってて、早く申しこまな、締《し》め切られると思って。悪い……相談せずに決めて」

カン太はあわてて、

「いやいや、うそうそ。そのまんまでええねん。ファイト、サイコー。ファイターズやったらプロ野球チームのパクリやん。ファイト！　で止めたほうが気持ちええよ。いさぎよいわ。だるころファイト！」

「そうだね。ファイト！　のほうが気合いが入るね」

「うん、いいよいいよ。わたし、このチーム名、元気が出る」

「うちも好き。まあまあ」

「……ありがと。よかった」

ふう。頼《たの》むでユーキ。停止《ていし》させるなら、思考やなくて、体を停止させてくれ。鬼《おに》がこっちを見たときバシッとな。


予選大会は白熱した。

参加チームはどこも個性豊《こせいゆた》かだった。家族で出場したチーム、保育所《ほいくじょ》の先生チーム、高校生チームなどなど。人気アニメのコスプレや、戦隊シリーズっぽいマスクでのぞむチームもあった。

年齢《ねんれい》もさまざまだ。小さな子どもから、お年寄《としよ》りまで、いろんな人たちが参加している。みんな、笑顔とやる気に満ちている。

各リーグ、四組。このなかでもっとも勝利数が多いチームが、予選突破《よせんとっぱ》。明日の決勝リーグに駒《こま》を進める。

リーグA《エー》。チーム・だるころファイトが対戦するは、役場の職員《しょくいん》さんのチーム、地元の仲良しグループのチーム、保険会社《ほけんがいしゃ》の社員さんのチーム。

だるころファイトは善戦《ぜんせん》した。あくなき練習が功を奏《そう》した。鬼に気づかれないよう前進してゴールする、というシンプルな競技《きょうぎ》だからこそ、落ち着いて慎重《しんちょう》に進む作戦が有効《ゆうこう》だった。言えばかんたんそうだけど、いざやるとなると、くり返し練習していなければ、できないものなのだろう。ほかのチームはほぼぶっつけ本番だったのか、おしいミスがちらほらあって、だるころファイトに点差をつけられた。

「だー・る・ま・さ……ん　がころんだっ！」

鬼のフェイントにも、だるころファイトメンバーは、なんなく対応《たいおう》。モコ鬼できたえられたおかげだ。

ゴールに関しては、すこし計算外なところがあった。

ゴールゲートの幅《はば》は二メートル。想像《そうぞう》よりもせまかった。つまり、スタート位置によっては、ひたすら一直線に進むだけではゴールできない。競技者《きょうぎしゃ》は、ゲートめがけてコースを調整しなければならないのだ。

はじめの第一歩後に待ち受ける、ふたつの障害物《しょうがいぶつ》は、おおよそ問題なかった。

ひとつめはゴムひも。これはカン太《た》の腰《こし》の高さあたりに張《は》られていた。持ち上げてくぐればクリアだ。

ふたつめの障害物《しょうがいぶつ》はバー。ハードルと呼《よ》んでいいだろう。

五十センチくらいの間隔《かんかく》で並《なら》んでいる縦《たて》のバーに、横のバーがつけられていて、バリケードのようにコートを横断《おうだん》している。あみだくじの一部分を切り取ったような見た目だ。横のバーはふれるとかんたんに外れる仕掛《しか》けになっている。それを落とすと、スタート地点へもどらなければならない。

一度、あつほさんが落としちゃったけど、再《ふたた》びスタート地点から競技《きょうぎ》し直し、なんと、制限時間《せいげんじかん》残り一秒のところでゴールを決め、会場をわかせた。

「おおーっ」

拍手《はくしゅ》まで起こった。

「あつほ先生すごいっ」

モコが、あつほさんの足に抱《だ》きついた。

あつほさんは耳を赤くして、両手で顔をおおった。

「みんなの背中《せなか》を見てたら、できました」

ほんのすこしだけ、声がふるえていた。

——で、タイシと前代未聞《ぜんだいみもん》の祟《たた》り祟られタッグを組んだカン太の活躍《かつやく》ぶりはというと。

（ほかのチーム、めっちゃ目立っとんなー）

別リーグの、個性豊《こせいゆた》かなコスチュームで参戦するチームを観察して、カン太は例によってうずうずしていた。

（こりゃ、おれもぶちかましとかんと、ニュースにならへんかもな）

だるころファイトは、〝とにもかくにも落ち着いて〟という無難《ぶなん》な戦法で、着実に勝利をものにしていった。言い換《か》えれば、とてつもなく地味な勝ち方をするチームだった。メンバーも、地元の仲良しグループとか家族でもないし、住まいも年齢《ねんれい》もバラバラ、服も普段着《ふだんぎ》。とりたててウリがない。

そこでカン太は、人知れず、プランを立てた。シンプルなプランだ。

できるだけ派手《はで》なアクションから、鬼《おに》がふりむく瞬間《しゅんかん》、おどろくほどピタッと止《と》まる。これ。シンプルだけど、うまく見せれば、そのビジュアルはインパクト大だ。

（頼《たの》むでぇ、タイシさまぁ）

競技中《きょうぎちゅう》、カン太《た》はホッピングするように揚々《ようよう》と前進し、鬼《おに》がふりむくと、どんなありえない体勢《たいせい》でも完全停止《かんぜんていし》した。

だるころファイトのほかのメンバーがぱっとしないだけに、これは目立った。

「なんだ、あの子」

「体操選手《たいそうせんしゅ》？」

「動画の一時停止みたいやな」

そんな感嘆《かんたん》の声が、ちらほら届《とど》いた。

よっしよし、イイ感じ。

タイシのかなしばりは、単に体を硬直《こうちょく》させるだけでなく、その場の空間に固定もできるので、それが大いに役立った。つま先一本で立っていようと、逆立《さかだ》ちしていようと、まるで静止画のように、カン太はピタリと止《と》まった。

「カンちゃん、どんどんすごくなってくね」

ふたつめの勝利をもぎとったあと、ミチに言われた。

「すごいを越《こ》えてる。カン太、そんな特技《とくぎ》があったんなら、はよ言えや」

ユーキも感心しきりだ。

「カンちゃん、わたしを弟子にしてください」

あつほさんが真顔で志願《しがん》した。

「いやぁ、おれ、弟子は取らない主義《しゅぎ》なんで」

ほめられすぎると、ちょっぴり罪悪感《ざいあくかん》はわいた。


〈ちと調子に乗りすぎじゃないか、カン太〉

試合の合間。王寺《おうじ》アリーナの裏手《うらて》の、ひとけのない路地で、タイシに注意された。

ほかのメンバーは現在《げんざい》、おのおの休憩中《きゅうけいちゅう》だ。

「ええやんか。これくらいしとかな意味あらへん」

〈だが、くれぐれもコート内でジャンプはせんほうがいい。そのとき鬼がふりむいても、私《わたし》はかなしばりをかけんからな〉

「なんで」

〈空中で停止してしまったら、それはもはや人ではない〉

「たしかにヤバいかもなぁ。神すぎる」

宙《ちゅう》に浮《う》いたまま止まったらもう、ＳＦ映画《エスエフえいが》の世界だ。

「ほな、ちょいと抑《おさ》え気味にいくわ」

〈それがいい〉

すると、背後《はいご》で声が聞こえた。

「ねえママ。チコタンもあの、おっきいわたあめほしかったよぉ」

ふり返ると、女の子がこちらを指さして、ママにおねだりしていた。

王寺町《おうじちょう》ミルキーウェイ帰りの親子だろう。

「あんな大きなの、出店で売ってたかしら」と、ママ。

まずい。タイシを見られた。

カン太《た》の胸《むね》の前にある雲を、綿菓子《わたがし》とかんちがいしたようだ。

「あのぉ、すみませぇん」

ママがカン太に声をかけてきた。

「その綿菓子、どこで買ったのかな？」

カン太は体で雲をかくすようにして、

「これは……祭りで買ったんやなくて、えーと、スーパーで買ったんス」

「あらそう。西友？　ラッキー？　ヤオヒコ？」

「んーと、ヤオヒコ……かなぁ。あははは」

カン太は雲をつんつん押《お》すようにして、その場から逃《に》げた。

そんなこんなで、だるころファイトはリーグA《エー》で一位を獲得《かくとく》。

明日の決勝進出が決定した。


予選リーグすべての試合が終わったのち、だるころファイトメンバーは王寺町ミルキーウェイを楽しみに行った。

その帰り道。葛下川《かつげがわ》の橋の上。

どどんどん。ばん、ばん。ぱらら。

すぐ近くで、花火が打ち上がり、大輪の花が夜空をいろどった。

「きれいやねぇ」

橋の欄干《らんかん》に手をそえたモコが、つぶやいた。

「ああ、うん」

ぼんやりと花火をながめながら、カン太は返事をした。

「ユーキくん、誘《さそ》ってくれて、ありがとね」

あつほさんが、ぽつりと言った。

「カン太《た》くんも、ミチくんも。もちろん、モコちゃんも」

「……」

「正直、とまどったでしょう。わたし、体力もないし、ムダに体は大きいし。意気地《いくじ》なしだし。そんなわたしを仲間にしてくれて、ありがとう」

以前、あつほさんのだるころへの参戦について「なんで？」と、カン太はたずねたっけ。

なんでもええやん、そんなの。

モコが柔道《じゅうどう》をやめた理由も、想像《そうぞう》はしたけど、ほんとうのところは知らない。

もしあつほさんやモコが、いまここにいる理由を話してくれるとしたら。

昨日までの毎日を、ずーっとさかのぼったところから話して聞かせてくれるなら。

おれも話してみよっかな。めっちゃやらかしてきたことを。

やらかしすぎて、祟《たた》られちゃったことを。

〈話してもいいなら、自ら率先《そっせん》して話せ〉

などと、タイシになじられるだろうか。

ゆるしてくれや。話すの苦手やねん。きっかけって、だいじやん？

タイシだって、自分のことをいきなり話せるか？　ずーっとさかのぼって。タイシの場合、千年以上さかのぼらなあかんのやろうけどさ。

千四百年前、達磨大師《だるまだいし》がこの地で転んで、そこから始まった遥《はる》かな奇跡《きせき》――。

カン太はきらびやかな夜空を見上げながら、実感して、かみしめた。

三　反則少年《はんそくしょうねん》

決勝大会。快晴《かいせい》のもと、開会式が行われた。

決勝リーグはA《エー》からD《ディー》まで。前回優勝《ゆうしょう》チームと、予選を勝ち抜《ぬ》いたチーム、そのほか町内選抜大会《ちょうないせんばつたいかい》などの優勝チーム。計二十チームが決勝トーナメントに向け、しのぎをけずる。

決勝トーナメントは、リーグAとB《ビー》の勝利チーム、C《シー》とDの勝利チームでそれぞれ準決勝《じゅんけっしょう》を行い、その勝利チームで優勝決定戦を行う流れだ。

だるころファイトは抽選《ちゅうせん》で、リーグDに組まれていた。

達磨寺境内《だるまじけいだい》の特設《とくせつ》コート。鬼《おに》が立つところにはステージが設置《せっち》され、コートわきの主催《しゅさい》テントには、優勝チームに贈《おく》られる、だるフィー（だるま型《がた》のトロフィー）が置かれている。

リーグ戦がスタートした。

だるころファイトメンバーは、第一試合を見学することに。

今日のみんなの装《よそお》いは、昨日とはちがう。カン太《た》は野球のユニフォーム。モコは柔《じゅう》道着《どうぎ》だ。それぞれの〝勝負服〟で気合いを入れよう、ということになったのだ。

ミチはいたってノーマルだけど、長袖《ながそで》シャツがピンク色。ミチのラッキーカラーなのだ。あつほさんは手編《てあ》みのセーターを着てきた。白にピンクのボーダーだ。

「ミッチー、わたしと色がおそろいだね」

「うん。すごいな、あっちゃんが編《あ》んだんでしょ」

「編み物は得意《とくい》なんだよね」

「いいなぁ。カンちゃんのお母さんも編み物やってるんだよ」

「まーな。ニット会で青春してるで」と、カン太。

ミッチーにも編み方レクチャーしてあげる、ほんと？　やったぁ！　などとあつほさんとミチは盛《も》り上がっている。いつのまに「ミッチー」「あっちゃん」と呼《よ》び合うようになったんだ、このふたり。あつほさん、うちの母さんとも気が合いそうやな。

カン太が思わず笑っちゃいそうになったのは、ミチとあつほさんの仲よしっぷりにつられたからってだけじゃない。カン太はリーグAの試合を眺《なが》めるモコを、チラ見した。ぎゅっと縛《しば》られた紫《むらさき》の帯。柔道着の硬《かた》い襟《えり》が、白く光っている。

（柔道《じゅうどう》、やめたんちゃうんかよ）

けど、おれもこのユニフォームで、もう一回戦いたい。

野球、やめるつもりやったのに、ほんま笑っちゃうやんな。

「んで、おまえの服は、なんでそれやねん」

カン太《た》は、ひとりスマホをいじっているユーキに聞いた。

彼《かれ》は昨日と同じ、薄手《うすで》のジャンバーをはおっている。いたってフツーだ。

「走るときはいつもこれやで。そんなことよりカン太、めっちゃバズってる」

ユーキはスマホ画面を、カン太たちに見せた。

「昨日の予選の動画、だれかがアップしてて、おれらが映《うつ》っててんねん」

ほほー、どれどれ。

見れば、顔にモザイク処理《しょり》がほどこされた人物（服装《ふくそう》から、カン太であることは一《いち》目瞭然《もくりょうぜん》）が、だるころ競技中《きょうぎちゅう》、超人的《ちょうじんてき》なストップを決める動画だった。

ブレイクダンサーばりの片手倒立《かたてとうりつ》で、カン太が停止《ていし》するシーン。

このあと、タイシから〈調子に乗りすぎじゃないか〉と注意されたのだった。

いや、しかし――。

「どーゆーことやこれ」
顔にかけられたモザイクも犯罪者《はんざいしゃ》にされたみたいで不快《ふかい》なのだけど、それ以上に、キャプションが完全にカン太を悪人扱《あくにんあつか》いしているのだ。
《動きゲキキショ　こいつなんかトリック使ってるだろ　反則少年《はんそくしょうねん》》
「ゲキキショって、ひどいな。この人、見る目がないよ」
ミチが言った。
「カン太くんのことが、うらやましかったんやない？」と、モコ。
「それに反則だなんて。真っ向勝負で戦ってきたのに」
あつほさんは自分のことのように怒《おこ》っている。
ただ視聴者《しちょうしゃ》コメントは、投稿者《とうこうしゃ》に肯定的《こうていてき》なものが多い。
《二〇〇パーセントいんちき　反則少年》
《ズルしてまで目立とうとする　ムカツク》
《かっこつけることに必死すぎて草》
カン太の顔から血の気が引いてゆく。悪い意味で目立っているじゃないか。
「サイアクや。ユーキ、なんでこんなもんいちいち見せてくんねん！」

「え……」

ユーキ、表情《ひょうじょう》が固まる、カン太《た》のリアクションが想定外だったようだ。

それくらい想定しろ！

「わ、悪い。カン太なら『言わせとけ言わせとけ』って、余裕《よゆう》ぶっこいてられるかなぁと思ってん」

ふだんのおれならそんなリアクションや。けどいまはちょいとわけありやねん。

〝反則少年《はんそくしょうねん》〟というひとこともショックだった。これを、もし大会の主催側《しゅさいがわ》が問題視《もんだいし》しはじめたら？　本当に反則を取られて失格《しっかく》になる可能性《かのうせい》もあるのでは。

「すみませーん」

女性《じょせい》に声をかけられた。

みんないっせいにそちらを向く。

「すこしだけインタビューをよろしいですかぁ」

テレビ局のレポーターだった。カメラを抱《かか》えた人も立っている。

色めきたつメンバー。

かたや、血の気が引きすぎて貧血《ひんけつ》を起こしそうなカン太。

テレビのインタビューなんて願ったり叶《かな》ったりなのに……このタイミングだと、びみょうだ。名探偵《めいたんてい》に声をかけられた容疑者《ようぎしゃ》の気分って、こんな感じだろうか。

レポーターは、チームのメンバーの関係や、意気ごみをたずねてきた。

ほとんどユーキとミチが回答した。

見ず知らずの人と話すのが苦手なあつほさんはもじもじして、モコはそっぽを向いていた。カン太も変に話題をふられぬよう、モコが向く方向をいっしょに向いた。

レポーターは、昨日の予選のことは知らなかったらしい。あたりさわりない問答をし終えたら、「ご健闘《けんとう》をお祈《いの》りしています」と言って去っていった。

調子に乗りすぎたのは、失敗だった。

これからはひかえめなパフォーマンスを心がけよう。競技中《きょうぎちゅう》に目立たなくたってかまわない。優勝《ゆうしょう》すれば、それだけで目立てるのだ。

だるころファイトの初戦は、第四試合に組まれていた。

対戦相手は、大学のバスケットボール部のチーム『スリーポイントメンン』。

はじめの第一歩で、スリーポイントメンはいっせいにダンクシュートっぽい演技《えんぎ》をし、笑いもとった。

そんななかでもモコはナンバーワンの跳躍《ちょうやく》を見せ、リードを奪《うば》う。

カン太《た》といえば、ふみ出すのをためらってしまい、あつほさんよりも手前に着地した。

かまわない。ゆっくりじわじわ進んでゆこう。

しかし、カン太を襲《おそ》っていたプレッシャーは、プレーに悪影響《あくえいきょう》をおよぼした。

ゴールラインの両サイドに立っている二名の副審《ふくしん》が、カン太に対し、赤い旗を上げた。

これまで一度も接触《せっしょく》せずにクリアしていたハードルのバーを、落としてしまったのだ。副審が上げた赤い旗は、さまざまなファールを意味する。

(うわっ。やってもた)

急いでスタート地点にもどり、競技《きょうぎ》を再開《さいかい》した。

この試合の鬼《おに》はフェイントが多かった。「だるまさんがころんだ」を唱える以前から、何度も何度もコートをふり返った。

ドリブルやロールターンなど、バスケ技《わざ》のパントマイムを披露《ひろう》することに気をとられすぎたスリーポイントメンは、ひとりが鬼の術中《じゅっちゅう》にはまり、脱落《だつらく》した。

だるころファイトのほうは、あつほさんがフェイントにだまされた。

「あつほ選手、アウトー」

決勝大会では、服の上に着用したビブスに、自身の名前を記している。アウトになったら、鬼に名指しで宣告《せんこく》される。

後半三十秒で、カン太以外の生き残りメンバー全員がゴールした。

スリーポイントメンも、アウトになった者をのぞいて全員ゴール済《ず》み。

だるころファイト、六十点。スリーポイントメン、八十点。

カン太がゴールすれば同点に追いつき、サドンデスに持ちこめる。

残り二十秒。カン太は内心大あせり。

鬼のほうも、前半でフェイントをかけすぎて、ある意味あせっていたのか、標準的《ひょうじゅんてき》な「だるまさんがころんだ」が多くなっていた。

(だいじょうぶ。こっちにゃタイシストッパーがある)

ゴールまで、およそ三メートル。一歩一歩、大切にして進めば、ゴールは確実《かくじつ》だ。

そしてあと五十センチというところまで来た。

残り五秒。

よし。次の「だるまさんがころんだ」でフィニッシュだ。

鬼《おに》が背中《せなか》を向けた瞬間《しゅんかん》、カン太《た》は動いた――。

「カン太選手、アウト！」

（……ええっ⁉）

まさかもうないだろうと思っていたフェイントを、鬼がしかけてきた。背中を見せた直後、「だるまさんがころんだ」を言わず、そのままターンして、こちらをふりむいたのだ。カン太はまんまと引っかかった。

試合結果がアナウンスされる。

『だるころファイト、六十点。スリーポイントメン、八十点。この試合、スリーポイントメンの勝利です！』

だいじな一戦目を逃《のが》してしまった。

「おしかったねぇ、カンちゃん」

試合後、ミチがくやしそうに言った。

「ドンマイ」

ユーキに言われた瞬間、カッとなった。

「おまえがいらんもん見せるからやんけ！」

人目もはばからず、どなってしまった。

「なんがよ」

「試合前、おれへの誹謗中傷《ひぼうちゅうしょう》をわざわざ報告《ほうこく》しやがって」

「もしかして、それで動きがにぶくなっとったんか」

こいつ。ユーキこそにぶいんじゃ。

「あたりまえや。あんなこと言われて平気なやつがどこにおる」

「け、けどカンちゃん」

あつほさんが、あいだに入る。

「文句《もんく》を言ってるのは、ユーキくんじゃないよ」

そんなの、わかっとる。わかっとるけど、腹《はら》が立ってしゃーない。

「もうええわ。ちょい休憩《きゅうけい》してくる」

くそ。ついカッとなってしまった。もとはといえば、おれがやりすぎたからなのに。

頭を冷やしたくて、ステージの横をすりぬけて、ひとけのない達磨寺本堂《だるまじほんどう》へ回った。

雪丸塚《ゆきまるづか》の横をぬけ、さらに奥《おく》へ進んで、本堂の裏《うら》まで来ると、

〈荒《あ》れているな〉

現《あらわ》れたタイシに言われた。

「そら荒れるやろ」

〈いんちきだの反則《はんそく》だのと、さんざんだな。だが事実じゃないか。はっはっは〉

さすがタイシ。悪者扱《あつか》いされて喜《よろこ》ぶド変人。たいそううれしそうだ。

タイシがそんな態度《たいど》でいてくれて、カン太《た》もすこしだけ気が休まった。

「ちぇ。さっきの鬼《おに》、フェイントがエグかった」

〈やはり決勝大会はちがう〉

「でも、鬼はあの人だけやないし、タイプもいろいろやから、最初にあーいうのにあたって、よかったかもしれん」

〈傾向《けいこう》と対策《たいさく》を、か。しかし早くも背水《はいすい》の陣《じん》だぞ。もう負けられん〉

各リーグ、勝ち数ナンバーワンの一チームしか、準決勝《じゅんけっしょう》へ進めない。

「その子、なに」

とつぜん、そばで声がした。

どきっとしてふりむくと、柔道着《じゅうどうぎ》すがたの少女が立っていた。

「モ、モコ」

〈あ、見られた〉

タイシがけろっとした口調で言った。

「……その子、オバケ？」と、モコ。

〈オバケではない〉

「じゃあ、妖怪《ようかい》？」

〈んーまあ、そのようなものかな〉

「おいおい、『オバケ』はあかんくて『妖怪』はええんかよ」

カン太は、ごまかすのをあきらめた。

「えーと、この子、じゃなくて、この人？　は、タイシや」

〈よろしくどうぞ、モコ〉

モコが小さくおじぎをした。

「ほかのみんなはいっしょとちゃうんか？」

「うん、うちだけ。カン太《た》くんのあと、ついてきた」

「そっか。……モコはタイシを見て、なんとも思わへんのか」

「なんともって？」

「怖《こわ》くないんか。ほら、こんな、もやもやで、くもくもで、気味悪い感じやぞ」

〈もっとうまく表現《ひょうげん》しろ〉

「うーん、ちょっとは怖いけど……。うち、慣《な》れてるから」

「慣れてる？」

「そういうのん、ときどき見えるねん。実は、ずっとまえから、カン太くんの横に浮《う》いてる雲に、気づいてた」

「マジで!?」

タイシもおどろいているようすだった。

〈気配を消しているつもりだったが。いやはや、そんな能力《のうりょく》を持った者もいるのだな〉

「能力ってほどやないよ。ぼんやり見えるだけで」

「霊感《れいかん》が強いとか、そーゆーのなんかなぁ。知ってて、ずっとだまっててくれたんか」

モコはこくりとうなずいて、

「もし……カン太くん自身が、タイシに気づいてないとしたら、うちがタイシの存在《そんざい》を教えたことで、カン太くんが怖がったり……うちのこと、ヘンな子やと思ったりするかもしれへんし」

モコはモコなりに、慎重《しんちょう》になっていたらしい。もしかすると、その霊感のような能力のため、過去《かこ》実際《じっさい》に〝ヘンな子〟と言われたことがあるのかもしれない。

しかし、そうか。それもあって、あまり目を合わせなかったのだろう。

では、モコがかんしゃく持ちなのも、その力が関係しているのだろうか。

「練習初日でヘソ曲げたんも、霊感が関係してんのか？　鬼役《おにやく》をやりたがらんかったのも」

モコは「ううん」と首を横にふった。

「うちがそういう性格《せいかく》なだけ。それでよく、ママもこまらせてる。柔道《じゅうどう》やめてしもたんも、この性格が災《わざわ》いしてん」

自覚していたらしい。正直やな、とカン太《た》は思った。

「けど、今日のカン太くんの態度《たいど》は、性格《せいかく》やなくて、その……タイシが悪さしたせいやないかと思ってん」

「え」

「さっきは、タイシの災《わざわ》いがカン太くんを怒《おこ》りっぽくしたんやないかって。うち、心配やった」

モコの考察は、当たっているようで、すこし外れている。

たしかにさっきカン太がキレたのは、もとをたどればタイシの祟《たた》りに端《たん》を発している。だけど正確《せいかく》には、カン太がタイシを悪用して悪目立ちした結果だ。ズルをした報《むく》いに、むしゃくしゃしただけだ。

「ちゃうねん、モコ」

カン太は、ぼそりと白状《はくじょう》した。

「タイシのせいとちゃうよ。おれがひとりで勝手に怒ってん」

「うん。そうやと思った」

「なんや、それも気づいてたんか」

「いまのいま、わかった。だってカン太くんとタイシ、仲よさそうにしゃべってたから」

「……」

「友だちが友だちの災いになるわけないもんね」

〈モコには、私《わたし》とカン太が友だちに見えるのか〉

雲が、ゆっくり上下する。

モコはくしゃっと笑った。

「うん。友だちにしか見えへん。悪いヤツと疑《うたが》ったりして、ごめんね、タイシ。きみはいい子みたいやね」

そこは『悪いヤツ』でええんやで、と思ったカン太だったけど、なにも言わなかった。

タイシも、なにも言わなかった。

二試合目は家族で参戦した『みなもと家』と対戦し、接戦《せっせん》の末、だるころファイトが勝利した。

みなもと家は、おばあちゃん、お父さん、お母さん、お兄ちゃん、妹といった構成《こうせい》だった。妹のマナちゃんは、幼《おさな》かった。四歳《さい》くらいだろうか。あの小さな体で予選を通過《つうか》したなんて、たいしたものだ。しかしマナちゃんは中盤《ちゅうばん》でよろけてしまい、アウトをとられた。競技終了後《きょうぎしゅうりょうご》、目を両手でこすって泣いていた。

家族がマナちゃんをかこんで健闘《けんとう》をたたえあっている。

「なんか、申しわけないなぁ」

みなもと家を眺《なが》めながら、あつほさんがぼそりと言った。

「けど、あっちゃん。これはフェアに戦った結果だから」

小さな子だからと特別扱《とくべつあつか》いはかえって失礼に当たる。鬼《おに》もその意志《いし》で、アウトをとった。ミチはそう言いたいのだろう。

（フェアか……）

ミチの言葉がカン太《た》の頭にこびりつく。

四　セブントライ

お昼の十二時。大会はいったんブレイク。

王寺町《おうじちょう》のマスコットキャラ、雪丸《ゆきまる》が鬼をつとめて、だるまさんがころんだならぬ、『雪丸がころんだ』が行われた。選手のみならず、だれでも参加できて、ゴールすれば景品がもらえる。愛くるしい雪丸は大人気。ジャッジもゆるい。小さな子も、おとなも、はしゃぎながら雪丸が待つゴールめがけてゆく。

「カン太」

みんなで『雪丸がころんだ』に参加したのち、ユーキに声をかけられた。

「あん？」

カン太はつっけんどんに返事した。

「さっきは、ほんま悪かった」

ユーキはまた謝罪《しゃざい》した。

カン太は、「もうええって」の言葉をいまだに言えずにいた。本来は「もうええって」じゃなくて、「悪いんは、おれや」という言葉を返すべきだということは、わかっていた。

ユーキは、ほかのメンバーもいる前で続けた。

「おれ、いっつもこうやねん。人の気持ちをちゃんと考えんと、自分の言いたいことを言ってまう。今日はそれでカン太《た》にイヤな思いをさせてしもた。学校じゃ、『無神《むしん》経《けい》』って呼《よ》ばれてる。おれに面と向かって無神経って言えるほうが無神経やって、言い返したい気もあったけど、無理や。クラス全体がおれを無神経って思ってるんやもん。しまいにみんなから距離《きょり》をおかれるようになった。あげくのはてに、ドッジでもサッカーでも、チームには入れてもらえても、パスはいっこも回ってこんくなったわ。おれにチームワークとか協調性《きょうちょうせい》とか言っても無駄《むだ》やと、みんな思ったんやろな。おかげでおれも、ひとりでランニングしてるほうが気楽になってしもたわ」

「……」

「けどおれ、くやしくて。クラスのやつらを見返したくて、だるころ出場を決めてん。優勝《ゆうしょう》すれば、おれにもやれるって証明《しょうめい》できるかと思って」

けれども、学校の同学年に味方はいない。だるころに誘《さそ》えるのは、学童に通っていたころの知りあいくらい。声をかけることができたのは、あつほ先生と、あまり口をきいたことのない、年下のモコだけだった。

「おれは身勝手な卑怯《ひきょう》もんや。仲間がおらんからって、あつほ先生とモコをまきこんだ。あつほ先生も、モコも、誘ったわけをないしょにしてて、ごめん。意気地《いくじ》なしは、おれのほうや」

「ユーキくんは、ちっとも意気地なしじゃないよ」

あつほさんが、いつになく強いまなざしをユーキに向けた。

「そうや」

モコも言う。

「うちがわがまま言っても、仲間外れにしぃひんかった。ぜんぜん卑怯もんやない」

「仲間外れにできんかったんは、このメンバーしかおらんからや」

「このメンバーしか、仲間がいなくたっていいじゃん」

ミチが言った。

「限《かぎ》られた仲間だから、大切に思えるんじゃない？　だからこそ、真正面からカンちゃんに謝《あやま》ることができるんだよ。うん、ぼくもモコちゃんとあっちゃんといっしょの意見だ。ユーちゃんは、決して意気地《いくじ》なしでも卑怯者《ひきょうもの》でもない」

細くても、頼《たの》もしい声だった。

「ユーちゃんは、正々堂々《せいせいどうどう》と戦うひとだ」

だから、ぼくらも正々堂々と戦えるんだよ――。

「ありがと。みんな」

ユーキは再《ふたた》びカン太《た》に言った。

「まだムカついてるなら、それでもええよ。けど、チームと試合は、おれだけのもんやないし、せめて最後まで協力してほしい。カン太のスゴ技《わざ》も、だいじな戦力なんや」

「……」

やっぱりなにも言えなかった。

正々堂々。

この言葉が、カン太の胸《むね》を、ちくちく刺《さ》していた。

午後の三試合目は、とんかつ屋のチーム『まるとんず』と、四試合目はＪＲ王寺駅《ジェーアールおうじえき》員《いん》のチームと対戦。この二チームからも、なんとか勝利をもぎとった。

だるころファイトは勝ち数と得失点《とくしってん》がスリーポイントメンとまったく同じになり、リーグD《ディー》勝者決定戦が、特別にサドンデスで行われることになった。

サドンデスは、セブントライと呼《よ》ばれる。

達磨大師《だるまだいし》の教え『七転び八起き』に由来したルールだ。ゴールの七メートル手前、ハードルの位置からスタートし、いちばんにゴールした選手のチームが勝ちとなる。

「セブントライは作戦を変更《へんこう》する」

開始前に、ユーキが言った。

カン太は耳だけ彼《かれ》に向けた。まだきちんと仲なおりができたわけじゃない。

「どんなふうに？」と、ミチ。

「全力疾走《ぜんりょくしっそう》」

「え、だいじょうぶ？」

あつほさんは心配そうだ。

これまでにない作戦。慎重《しんちょう》に歩を進める、という戦法の真逆《まぎゃく》ともいえる。

ユーキは説明した。

「スリーポイントメンは、みんな大学生や。平均《へいきん》の体格差《たいかくさ》でおれらは劣《おと》る。あの人らに、ひとたびリードをとられたら、おれらがトップゴールを勝ち取るのは困難《こんなん》や」

「捨《す》て身の全力疾走《ぜんりょくしっそう》で、先手を取るってことやね」

モコの瞳《ひとみ》が鋭《するど》く光った。

「わたしにできるかしら……」

「あつほ先生、不安やったら無理せんとってな。相手選手に接触《せっしょく》したら危《あぶ》ないし、進《しん》路妨害《ろぼうがい》のファールをとられる危険《きけん》もある」

「うん、じゃあ、わたしは、これまでどおりでいかせてもらう。みんな、頼《たの》んだわ」


各チーム、横一列に並《なら》び、セブントライのスタートだ。

「だーるまさんがーこーろんだ」

鬼《おに》は、オーソドックスなタイプのようだった。

最初の「だるまさんがころんだ」で、あつほさんをのぞくだるまころファイトメンバーは全員、スリーポイントメンからリードを奪《うば》った。

しかし、七メートルは思いのほか遠かった。

鬼がふり返るまでにゴールすることは、だれもできなかった。

しかも全力疾走で急ブレーキがきかず、モコとユーキがアウトをとられた。

ミチはダッシュで足がもつれ、前向きに転倒《てんとう》してしまった。幸い倒《たお》れた状態《じょうたい》のまま止《と》まったため、セーフだった。

カン太《た》も地面に横になっていた。だが転倒したわけではない。全力疾走からスライディングを試みたのだ。こうすれば一撃《いちげき》でゴールできるかも、と考えてのことだ。

あまかった。七メートルを短く見積もりすぎていた。

カン太とミチは、ほぼ横並《よこなら》びで地面に寝《ね》ころんだ形だ。

(くっそぉミスったぁ)

スライディングで倒れた体勢《たいせい》を、元に立て直すのに、一ターンを浪費《ろうひ》してしまうことになる。そのあいだに、敵《てき》はゴールとの間を一気につめてくるだろう。

だるころファイトで残ったのは、寝ころんだカン太とミチ、そして、出おくれているあつほさん。

スリーポイントメンは全員残っている。

「ん〜?」

急に鬼《おに》が持ち場を離《はな》れた。オーソドックスなタイプかと思いきや、この鬼、なかなかクセの強いヤツだった。

「ヨースケ選手、動いてないかなぁ」とステージを下りて、腰《こし》をかがめて凝視《ぎょうし》のポーズ。

スリーポイントメンのひとりが大股《おおまた》の姿勢《しせい》で止《と》まっている。しかしよく見ると、太腿《ふともも》あたりがプルプルとふるえているのだ。バスケ風の姿勢があだとなった。

「はいー、ヨースケ選手アーー」

そのとき、予想外のことが起こった。

副審《ふくしん》二名の、白い旗が上がったのだ。

白い旗はゴールを意味する。だれかがひとり、ゴールしたようだ。

アナウンスが響《ひび》く。

『だるころファイトの勝利です！』

会場がどよめいた。

「やったぁ！」

ミチがとびはねた。

そう。鬼がヨースケ選手のほうに気を取られているすきに、ミチが立ち上がり、ゴールを奪取《だっしゅ》したのだった。だるころのルールは『鬼に動いているところを見られなければセーフ』なのだ。ミチはそれを、だれよりも理解《りかい》していた。競技者《きょうぎしゃ》からの、まさかの不意打ちに、鬼もあっけにとられていた。

「ぐおぉぉぉおっ！」

「まだ、だるころがやりたいですぅ！」

スリーポイントメンが大げさなポーズで、くやしがる。

「あっぱれな逆転劇《ぎゃくてんげき》だった。おれらのためにも優勝《ゆうしょう》してくれ！」

がたいのごっついヨースケ選手が、線の細いミチに握手《あくしゅ》を求めてきた。

ミチはにっこり笑って、それに応《おう》じた。

だるころファイト、準決勝進出《じゅんけっしょうしんしゅつ》である。

五 ひとりひとりの歩き方

準決勝《じゅんけっしょう》第一試合は、リーグA《エー》の『天平人《てんぴょうびと》』が制《せい》した。奈良時代《ならじだい》の華麗《かれい》な天平衣装《てんぴょういしょう》を身にまとった、女性《じょせい》だけのチームだ。

そして準決勝第二試合。

だるころファイトの対戦相手は、リーグC《シー》の勝者『ザ・オジンジャーズ』。アメコミヒーロー調のコスプレがゆかいな連中だ。全員おとなの男性《だんせい》だが、ひるむことはない。だるころファイトは、これまでもおとなチームに勝っている。そのうち一チームは、血気盛《けっきさか》んな大学生バスケ軍団《ぐんだん》スリーポイントメンだ。

はじめの第一歩。両チームの、いさましい跳躍《ちょうやく》。

オジンジャーズの戦いっぷりは、イケイケな見た目のわりに、冷静だった。ひとり、蜘蛛《スパイダー》のデザインのスーツを着た選手は、両手を地面につけて、はうように進んだ。これはいい戦法だった。どんな体勢《たいせい》よりも安定する。

しかしスパイダーは、ハードルのバーを落とした。しゃがんだ体勢からジャンプして、足を引っかけてしまったのだ。これまで幾度《いくど》もジャンプでクリアしたのだろうけど、激戦続《げきせんつづ》きで自分でも知らぬうちに、体力を消耗《しょうもう》していたのだ。

スパイダーが再《さい》スタートし、ハードルをふつうにまたいでクリアしたころ、だるころファイトメンバーは、あつほさんをのぞく全員がゴールしていた。

あつほさんもすでにゴールまで約一メートルのところに到達《とうたつ》している。

その真横に筋肉隆々《きんにくりゅうりゅう》のマッスル選手が胸《むね》をはって立っている。

「だぁるまさんがぁ……」

あつほさんとマッスルが同時に動いた。

しかし相手が一歩速かった。先を越《こ》されたあつほさんは、「きゃっ」とさけんでしりもちをついてしまい、マッスルだけがゴールした。

制限時間《せいげんじかん》は残り十五秒。あつほさんにだって、まだチャンスはある。

体全体をゲートの向こうへ入れれば、ゴールが成立する。

次の「だるまさんがころんだ」では、ゴールできなかった。

あつほさんはおしりを浮《う》かせて体勢をととのえるのがやっとだった。

そのあいだに、背後《はいご》からスパイダーが迫《せま》っていた。よつんばいをやめ、まっすぐの姿勢《しせい》だ。しかし、かんたんにゴールはできない。ゲートの半分を、あつほさんの体がふさいでいるからだ。スパイダーはあつほさんを避《さ》けて、ゴールしなければならない。

「だ・る・ま・さんがーころんだっ」

あつほさんは前半のスパイダーのように、よつんばいになった。右手がゴールラインを越《こ》える。あとすこし。

「だるま……」

あつほさんは「やっ」と声を発して、両足をはね上げた。

白い旗が上がる。

ほぼ同時に、競技時間《きょうぎじかん》二分経過《けいか》のブザーが鳴った。

あつほさん、予選のラスト一秒ゴールよりもドラマチックな、ラストゼロ秒でのゴールを決めた。またも拍手が巻き起こった。

ほっとした表情《ひょうじょう》のあつほさんのもとに、メンバーがかけよる。

ところが。

「いまのは進路妨害《しんろぼうがい》じゃないですか？」

スパイダーが抗議《こうぎ》の声をあげたのだ。あつほさんを指さして、

「彼女《かのじょ》はゴール前に居座《いすわ》って、ぼくのゴールを阻《はば》んでいました。彼女がそこにいなければ、ぼくは進路変更《しんろへんこう》する必要はなく、すんなりゴールできていたはずなんです」

だるころファイトメンバーに緊張《きんちょう》が走った。みんな、笑顔が消える。

鬼《おに》と副審《ふくしん》が集まって協議する。

やがて、鬼がスパイダーに言った。

「たしかにゴール前で座《すわ》った状態《じょうたい》になりましたが、わざとではありません。あつほ選手は、マッスル選手と接触《せっしょく》しかけて転倒《てんとう》したのです。その後はすみやかに体勢《たいせい》を立て直し、よつんばいでゴールしました。スパイダー選手、あなたと同じ戦法ですよ」

鬼が、き然とスパイダーの主張《しゅちょう》を退《しりぞ》ける。

「よってさきほどのプレーは、反則《はんそく》に相当しません。この勝敗は、双方《そうほう》、正々堂々《せいせいどうどう》競った結果です。いさぎよく受け入れましょう」

スパイダーはがっくり肩《かた》を落とした。

だるころファイトの勝利が、正式に告《つ》げられた。

喜《よろこ》びあうメンバーのなかで、カン太《た》だけ、笑顔がひきつっていた。

——双方、正々堂々競った結果——

鬼《おに》の言葉が頭のなかをグルグルめぐる。

また出た。正々堂々《せいせいどうどう》。おれだけが、この言葉を言えない。


「タイシ、話があんねん」

優勝決定戦《ゆうしょうけっていせん》まで時間がない。カン太《た》はメンバーからすこし離《はな》れて、小声&早口で言った。タイシは気配を消しているけど、そばにいるはずだ。

すると声が聞こえた。

〈おぬしも正々堂々と戦いたくなったのか〉

「おわ、びびった。どこにおんの？」

周囲《しゅうい》に不審《ふしん》がられないよう、ひかえめに首を回してタイシをさがす。

〈ここだ。植木のなか〉

常緑樹《じょうりょくじゅ》の葉の奥《おく》に、雲がまぎれていた。

「そのかくれ方。よけいキモイ」

〈あいかわらず口が悪いな〉

「悪いついでに、もひとつ悪いんやけど……ラストの試合は、かなしばりナシでお願いします」

〈言うと思った〉

「いや、正々堂々と戦いたいってゆっかぁ、おれだけ祟《たた》りに頼《たよ》るって、イケてないやん？」

〈いまさらだな〉

「いまさらやけど、頼《たの》むわ、マジで」

〈ふん。どうせ私《わたし》がかなしばりをかけんでも、おぬしはとうに自分で止《と》まれるよ〉

「うそやん。おれ、自信ゼロ以下なんやけど」

〈バカだな、カン太は〉

「急にバカって言うな」

〈まだ気づいていないのか？〉

「なんを」

〈今日の試合、私は一度もかなしばりをかけていない〉

「は……？」

〈カン太、今日は派手《はで》なアクションを抑《おさ》えて、慎重《しんちょう》に競技《きょうぎ》したろう〉

「うん、した」

〈ゆっくり歩を進め、鬼《おに》がふり向いたとき、おぬしは自力でちゃんと止《と》まっていたよ〉

「マジっすか」

〈マジだマジだダルマジだ〉

タイシはゆかいそうに笑う。

「じゃあ、セブントライのときは？　おれ全力で走ったで？」

〈あのときはさすがに、かなしばりでサポートしようと思ったが、やはり必要なかった。カン太《た》、すべりこみをしたろう〉

「あ、そうやった」

スライディングから寝《ね》ころんだ状態《じょうたい》になったから、止まれたのだ。

〈いつのまにか、おのれをしっかり制御《せいぎょ》できる、優秀《ゆうしゅう》な蒸気機関車《じょうききかんしゃ》になったらしいな〉

まったく、つまらん、つまらん、とタイシはくり返す。

〈やいカン太。このまま、つまらんままで祟《たた》り契約《けいやく》を解消《かいしょう》するのは、本格的《ほんかくてき》にとことと

んつまらん。最後まで最高のプレーで、私《わたし》を満足させてくれ〉
「がってんしょうち」
おーいカンちゃん、とミチに呼《よ》ばれた。
最終決戦が、始まる。

「ほんときれい。……天女みたい」

ミチが目をきらきらさせて、天平人《てんぴょうびと》チームに見とれている。彼女《かのじょ》たちはヘアスタイルも、織姫《おりひめ》さまや乙姫《おとひめ》さまのようにアレンジしている。

「わたしも天平《てんぴょう》衣装《いしょう》、作ってみよっかな」

「あっちゃん、あんなのも作れるんだ」

「挑戦《ちょうせん》してみる。ミッチー、この戦いが終わったら、きっと作ろう。そして、いっしょに着ようよ」

「うん！」

「うちも着てみたい」

「ちょいタイム。あつほ先生、『この戦いが終わったら、きっと作ろう』とかって、なんかヤバいフラグ立ったみたいやんか」

ユーキが言って、だるころファイトメンバーは笑った。

カン太《た》も笑う。

赤いフラグだろうが、白いフラグだろうが、立てばええ。

おれらはめいっぱい、正々堂々《せいせいどうどう》と競技《きょうぎ》するだけや。

「ユーキ」

いとこに声をかけた。

彼《かれ》が、こちらに顔を向ける。

特設《とくせつ》コートをにらみつけたまま、カン太は言った。

「おれはおまえがきらいや。きらいな者どうし、これからも仲よくしようぜ」

「……おう。のぞむところや」

両チーム、一列に並《なら》んだ。

行こう、みんな。

はじめの第一歩！

天平人《てんぴょうびと》は強敵《きょうてき》だった。

彼女《かのじょ》たちの動きは、しなやかで、スピード感があった。上にビブスを着ているとはいえ、それでも可憐《かれん》な天平衣装《てんぴょういしょう》は、美しい羽のようだった。

おれらは地味と思われてもいい。一歩一歩、自分のペースでゴールをめざそう。

カン太は心に決めて、戦った。

競技開始一分後、天平人のひとりがゴールした。

続いて、モコとユーキがゴール。

天平人も、さらにふたりがゴールした。

カン太の心臓《しんぞう》が、ばくばく鳴る。タイシのサポートがないとわかっていると、これまでにまして、慎重《しんちょう》な動きになる。

残る天平人は、ふたり。彼女たちもゴール目前まで来ている。

いま、カン太は、あつほさんと横並《よこなら》びになり、ミチの背中《せなか》を見つめている。

残り四十秒で、ミチがゴールした。

「だる、まさ、ん……が……こーろんだ!!」

さすがの天平人も、ゴール前であせったか。残りのふたりが同時にフィニッシュしようとして、わずかにおくれたひとりに対し、アウトの判定《はんてい》が下った。鬼《おに》がふり返るまでに、体が完全にゴールラインを越《こ》えられなかったのだ。

残り二十秒。

あつほさんとカン太《た》、ふたりともゴールすれば優勝《ゆうしょう》だ。

（あせるな、あせるな。時間はまだあるっ）

カン太は、とっさの思いつきで、進路を先にあつほさんにゆずることにした。

自分が彼女《かのじょ》のじゃまになってはいけない。あつほさんに、小さく首で合図を送る。

彼女も小さくうなずいて、カン太の前に出る。

残り十秒。あつほさんはゴールまで、あと一歩。

そのななめ後ろに、カン太が続く。

観客から、大声援《だいせいえん》がふたりに送られる。

ゴールのはしっこで、ミチとモコが両手を組んで祈《いの》っている。

「だるまさんがころんだっ」

早口で唱えられた間に、とうとうあつほさんがゴールした。

あとひとり。コート内にはカン太だけが残った。

足がふるえた。口のなかは、カラカラだ。

残り五秒、四、三、二、

「だーるまさん――」

カン太は動いた。

ブーーーーーーー。二分経過《けいか》のブザーが鳴り響《ひび》く。

タイムアップは、カン太がゴールラインを越えるまえのことだった。

「ぬおおおっ。間に合わんかったかぁっ」

カン太は頭をかかえて、ひざを落とした。

『八十点対八十点の同点で、最終決戦はセブントライに持ちこまれます！』

アナウンスに、会場の興奮《こうふん》が最高潮《さいこうちょう》に達した。


「カン太、本領発揮《ほんりょうはっき》できへんか」

ゴールの七メートル手前に並《なら》ぶ際《さい》、ユーキに言われた。

「なんでそう思う？」

「今日のおまえの動き、予選のときとぜんぜんちゃうし。やっぱまだ、動画のこと引きずってるとか」

カン太《た》はハハッと笑った。

「いーや、これがいまのおれの、ほんまの実力や。これまでが奇跡《きせき》やっただけ」

モコがこっちを見て、ほほえんだ。

あーたぶん、予選での超人的《ちょうじんてき》なアクションが、タイシのせい（おかげ）やったって、モコにはバレてるな。

「ほらユーキ。ラストのラストやぞ。どんな作戦でいく？」

カン太がたずねると、ユーキは「おう」とうなずいて、言った。

「みんなにまかせる。自分の歩き方でいこう」

「よっしゃ」

「おっけ」

「はいっ」

「うん」

『それでは、セブントライ、スタート！』

「だるまさんがー」

各選手、前進する。

決勝セブントライの鬼《おに》は、フェイントもうまく、ジャッジもきびしかった。

二回目の「だるまさんがころんだ」のあとまでに、天平人《てんぴょうびと》がふたり脱落《だつらく》した。

しかし、もっともリードをとっているのも天平人だった。セブントライはひとりでも先にゴールすれば勝ち。現在《げんざい》、天平人のほうが優勢《ゆうせい》と見てよかった。

「ダルマサンガコロンダ！」

ミチが、わずかな動きを見とがめられて、脱落。

鬼が選手たちを凝視《ぎょうし》する。最後までジャッジの目をゆるめるつもりはないようだ。

「あつほ選手、いま動きましたね！　アウト！」

「あぁ、やっちゃった」

あつほさんがコートをぬける。

「だーるま――」

モコが先頭の天平人に追いつく。

そのあとにユーキが続く。

カン太《た》はユーキの後ろについている。

もはや先頭の天平人《てんぴょうびと》がアウトにならないかぎり、ユーキもカン太も、このセブントライにおいては戦力にはならない。

だからといって、あきらめたくない。

「あっ。アヤ選手、動きましたね！　アウト！」

「あーーーーーんっ！」

なんと最強の鬼《おに》の前に、先頭の天平人が屈《くっ》してしまった。

(よしっ。モコ、頼《たの》んだ！)

最もゴールに近いモコに、カン太は念を送った。

ゴール、ゴールゴールゴール！

誓《ちか》って、これはズルじゃない。心の底から声援《せいえん》を送っているだけだ。

「だっるまさんがっ」

モコのとなりに、べつの天平人が並《なら》んだ。

(ゲ、いつのまに)

まさに、蝶《ちょう》のように舞《ま》い、蜂《はち》のように刺《さ》すモーション。

ゴール前。このふたりの一騎打《いっきう》ちとなった。

体格《たいかく》は、だんぜん天平人のほうが上だ。ファッションモデルかと思うくらい、背《せ》が高い。並ぶとモコがとても小さく見える。

しかし柔道少女《じゅうどうしょうじょ》は、決して臆《おく》することはなかった。

「だーるまさんが……」

モコが飛んだ。

あの、大和川《やまとがわ》の砂浜《すなはま》で見せた技《わざ》だ。

前転しながらゴールラインを越《こ》え、受け身をとった。

同時に、天平人も大きな歩幅《ほはば》で、天をかけるようにゴールした。

バッバッと白い旗が二回上がる。

カン太の目には、ふたりがまったく同時にゴールしたかに見えた。

「どっちが先でしたか？」

鬼が副審《ふくしん》に確認《かくにん》する。

「うーん、こちらからは、だるこ……いや、どっちだろう……」

ほかのスタッフも、判断《はんだん》しかねるようだった。

だるころファイトと天平人《てんぴょうびと》は、ゴール前に集まって、結果発表を待つ。

「あのう、すみません」

すると、コートの外で見学していた男性《だんせい》が、近寄《ちかよ》ってきた。

「私《わたし》、ゴールの真横で動画を撮《と》っていたんですが」と、スマホを差し出した。

「おおっ。見せていただけますか！」

会場では、記録用のビデオカメラも、テレビ取材のカメラも回っていたし、多くの観覧者《かんらんしゃ》が撮影《さつえい》をしていたが、真横からゴールの瞬間《しゅんかん》をとらえていたのは、この男性のスマホだけだった。

『結果はビデオ判定《はんてい》になります！』

今大会初のビデオ判定だ。

「どれどれ……うーむ」

鬼《おに》、副審《ふくしん》が、スマホ画面を確認《かくにん》する。

「よし、わかりました」

結果が出た模様《もよう》だ。

「優勝《ゆうしょう》は……」

達磨寺《だるまじ》の境内《けいだい》が、静寂《せいじゃく》につつまれる。

「優勝は、天平人です！」

わっと天平人の五名が宙《ちゅう》に浮《う》いた。

「全身がゴールを通過《つうか》したのは、ユカ選手のほうが先でした。ほんの僅差《きんさ》ですが、モコ選手は、体の一部がコートに残っていました」

鬼がきちんと説明し、スマホ画面も見せてくれた。


「モコ、おしかった。ほんまおしかったわ」

閉会式前《へいかいしきまえ》、ユーキが声をかけた。

モコは意外とせいせいした表情《ひょうじょう》だった。

「うち、ぜんぜんおしくなかったよ」

「なんでや。鬼も『ほんの僅差ですが』って言ってたで」

「ううん」とモコは首をふる。

「天平人の人は、衣装《いしょう》のぜんぶがゴールできててんよ。あんな、風に流れる衣装とほとんど同時やったってことは、もし天平人の人がうちとおんなじ柔道着《じゅうどうぎ》を着てたら、もっと差があったはずやもん。完全に、うちの負けや」

モコの理論《りろん》は合っていると、カン太《た》は思った。

思ったけど……。

「あははは」

笑ってしまった。

「な、なんよっ」

モコが顔を赤くふくらませる。

「悪いモコ。『てんぴょうびとのひと』が、じわっときて」

「ほんとね。『頭痛《ずつう》が痛《いた》い』みたい」と、あつほさん。

「『危険《きけん》が危《あぶ》ない』みたいな？」と、ミチ。

「ええやんかっ。もうっ」

「せやけどモコ。やっぱ最高にカッコえかったわ。あの大技《おおわざ》」

カン太は、そっぽを向いてしまったモコに、正直な気持ちを伝えた。

「おれ、いつか、モコの受け身以外の大技も見てみたい」

モコは、ちらりとカン太に目をもどす。

「また柔道《じゅうどう》を始めたら見せてくれ」という想いがあったのだけど、はっきりとは言わなかった。再《ふたた》び柔道を始めるかどうかは、モコ自身が決めることだ。

とりあえずおれ、今後スライディングは、野球のベースめがけてやることにするわ。


閉会式《へいかいしき》にて、銀色にかがやく準優勝《じゅんゆうしょう》だるフィーをゲットしたのち。

メンバーは駅前のファミレスで食事をすることになっていた。

そのまえにちょっと、とカン太はみんなに告《つ》げた。

「おれ、本堂《ほんどう》にバイバイのあいさつに行ってくる」

「だったら、ぼくらも行くよ」

申し出たミチのピンクシャツのそでを、モコが引いた。

「ミッチー。カン太くんだけ行かせてあげよ」

「なんで？」

「なんでも」

モコには、カン太が〝だれ〟とバイバイするのか、わかっているのだ。

（サンキューな、モコ）

人目を盗《ぬす》んでステージの横をすりぬけた。

本堂《ほんどう》に続く石段《いしだん》に足をかけようとしたとき、タイシが現《あらわ》れた。

〈すばらしい最終試合だった〉

「おれはたいしてなんもできへんかったけどな」

〈謙遜《けんそん》するな。王寺《おうじ》の歴史《れきし》に残る名勝負、じつに見ごたえがあったぞ〉

「そりゃーなによりで」

〈さて、契約解消《けいやくかいしょう》のときがやってきたな〉

「……うん」

カン太《た》が石段を上ろうとすると、

〈そっちではない、あっちだ〉

お星さま型《がた》の雲は、ふわふわと、左手の方向へ飛んでゆく。

「どこ？」

〈こっちこっち〉

雲についていった先にあったのは、犬をかたどった石像《せきぞう》。雪丸塚《ゆきまるづか》だ。

聖徳太子《しょうとくたいし》の愛犬を祀《まつ》った塚《つか》である。

てゆっか……は？

「うそ、じゃあ、タイシって……」

〈すまんな。私《わたし》は聖徳太子でも、達磨大師《だるまだいし》でもない〉

「もしかしてワンコ⁉」

〈正体しょーもなっ、みたいな反応《はんのう》。せめてワンコでなく『犬』と言ってくれるか。しかもただの犬じゃない。ありがたいお経《きょう》だって読めるのだからな。おっほん〉

「けど、なぁんや、タイシは雪丸やったんかよぉ」

〈うそはついておらんぞ。マスコットキャラの雪丸は、王寺町の観光〝大使《たいし》〟みたいなものだ。本当の私は、あんなずんぐりむっくりではないがな〉

「いまの雲のすがたは、あれ以上にむくむくもこもこしてるで」

〈う。グサッときた〉

「まさかとは思うけど、タイシ、やなくて雪丸」

〈なんじゃらほい〉

「定着したカワイイキャラにもの足りなさを感じて、ずっとワルぶってた？」

〈ノーコメント〉

「大昔の日本犬が、英語を多用せんとってくれます？」

〈しかし、まあ、なんだ。おぬしとの生活は、楽しくなくはなかったぞ〉

「だったら雪丸《ゆきまる》、また遊びにきてもええかな」

ええやんな、遊びにきても。だっておれら、友だちやろ。

〈ほんの数週間のつきあいで、私《わたし》の親友を気取るなよ〉

こいつ。やっぱ、おれの心を読んでるんとちゃうか。

「ぜったい遊びにくるし。おぼえとけよ」

〈おぼえているさ。斑鳩《いかるが》や富の小川の絶《た》えばこそ 我《わ》がバカ君の御名《みな》を忘《わす》れめ、だ〉

「だから日本語しゃべってってって」

「日本語だ、バカ者」

そのときふいに、雪丸の背後《はいご》から、べつの声が聞こえた。

〈人のことをバカバカと呼《よ》ぶものではありませんよ、雪丸〉

そちらを向くと、白くてしなやかな光の柱が宙《ちゅう》に浮《う》いていた。

〈それは達磨大師《だるまだいし》が私のために詠《よ》んでくれた歌を、もとにした歌ですね。『たとえ富《とみ》雄川《おがわ》の流れが絶えたとしても、あなたの名を忘れません』と〉

雪丸が、さけんだ。

〈あるじさま！〉

まぼろしだろうか、ほんの一瞬《いっしゅん》、カン太《た》には、雲の先でぷるんぷるん回るしっぽが見えた。

〈元気でしたか、雪丸〉

「あるじって。ほ、本物の聖徳太子《しょうとくたいし》⁉」

まさか、教科書にも載《の》るスーパースターに会えるとは。

〈はじめまして、カン太どの。雪丸がたいへんお世話になっております〉

「え？　いやぁ、まーねぇ。こちとら世話好きなもんで」

〈や、やいっ。カン太。調子に乗るなっ〉

〈まあまあ雪丸。そなたもずいぶん楽しそうに、いたずらの片棒《かたぼう》をかついでいたようではないですか〉

〈そ、それは……はいぃ……すみません〉

こりゃぁゆかい。聖徳太子の前では、雪丸もかたなしのようだ。

〈ここは達磨大師と私の出会った、かけがえのない思い出の場所。ひさしぶりに、だるまさんがころんだの聖地《せいち》へまいりましたが、今年も大会は大盛況《だいせいきょう》だったようですね。そんななかで、ふたりとも、よくもまあ、あんな大それたズルができたものです。かえって感心しましたよ〉

雪丸《ゆきまる》の雲が、あきらかにしおれている。見ていて切なくなるくらい。

「ねえ太子さまぁ。もう二度とズルはしないんで、雪丸のこと、ゆるしてやってくれませんか？」

〈カン太《た》が言うなぁっ〉

〈あははは。そうですね。雪丸もカン太どのも。だれもがみな、いろいろな経験《けいけん》を経《へ》て成長していくものです〉

〈……〉

〈カン太どの。来年こそは、本当のはじめの一歩目から、正々堂々《せいせいどうどう》と挑《いど》んでください〉

「うん、いや、はい。もちろんっす」

〈雪丸、良き友と出会えましたね。私《わたし》も、せっかくなので達磨大師《だるまだいし》とお会いしたかったのですが、あのお方はたいそうおいそがしい。今日はカン太どのとごあいさつがで

きただけで良しとしましょう。カン太どの、これからも雪丸のことをよろしくお願いします〉

「はい！　……じゃあ、おれ行くわ。みんなが待ってるし」

〈あ、ああ。達者でな、機関車少年〉

「おう、雪丸も。太子さま、ありがとう。さよなら、またね」

一度歩きはじめた足を止め、ふり返る。

光と雲は消えていた。雪丸の石像《せきぞう》が、ほんのりほほえんでいる。

ダッとかけだしたカン太の背中《せなか》に、〝良き友〟の声が届《とど》いた。

〈足元に気をつけろ、転んでしまうぞ〉

カン太は右腕《みぎうで》を高くつき上げた。

転んでも、起き上がってやらぁ、と意味をこめて。

林けんじろう

1974年生まれ。広島県出身、奈良県在住。大阪芸術大学映像学科卒業、大阪芸術大学大学院修士課程修了。第17回ジュニア冒険小説大賞受賞作『ろくぶんの、ナナ』(岩崎書店)でデビュー。第62回講談社児童文学新人賞佳作『星屑すぴりっと』(講談社)で、第52回児童文芸新人賞を受賞。そのほか、第25回ちゅうでん児童文学賞大賞受賞作『ブルーラインから、はるか』(講談社)などがある。

参考文献
岡島永昌『思いつくまま、歴史の旅　王寺まち歩き100話』(ならbooks)

この物語はフィクションです。実在の人物や団体などとは関係ありません。

だるまさんがころんで

2024年10月31日 第1刷発行

作者／林けんじろう
発行者／小松崎敬子

発行所／株式会社 岩崎書店
〒112-0014 東京都文京区関口2-3-3 7F
電話 03-6626-5080(営業) 03-6626-5082(編集)
印刷所／三美印刷株式会社
製本所／株式会社若林製本工場

ISBN978-4-265-84052-6　NDC913　192P　19cm×13cm
◎岩崎書店ホームページ https://www.iwasakishoten.co.jp
◎ご意見、ご感想をお寄せ下さい　E-mail info@iwasakishoten.co.jp